Als der Teufel mir unter die Haut kroch

HARALD MÜLLER-BAUSSMANN

Als der Teufel
mir unter die Haut kroch

Bibliografische Information der Deutschen Nationalbibliothek:

Die Deutsche Nationalbibliothek verzeichnet diese Publikation
in der Deutschen Nationalbibliografie; detaillierte bibliografische
Daten sind im Internet über http://dnb.dnb.de abrufbar.

Satz, Umschlaggestaltung, Herstellung und Verlag:
BoD – Books on Demand, Norderstedt

ISBN: 9783749492107

Inhalt

I. Vorbemerkung

Die Geschichte des Jesus von Nazareth wird seit mehr als 2000 Jahren überliefert, gelesen, erzählt; geglaubt, verleugnet, ernst genommen und von vielen Menschen für Narrengeschwätz gehalten.

Die Geschichte des Jesus von Nazareth, der auszog, um den Menschen den gütigen und barmherzigen Gott zu verkünden und das Reich Gottes zu lehren, ist eine Glaubensgeschichte. Die Wahrheit, die ihr zugrunde liegt, ist die Wahrheit des Glaubens, die nicht bewiesen werden kann. Sie kann nur geglaubt werden. Das bedeutet aber nicht, dass sie deshalb falsch ist oder ein Märchen.

Man kann diese Glaubensgeschichte in die Wirklichkeit des eigenen Lebens integrieren, so dass sie zu einer Lebensgeschichte wird. Alles, was mit Jesu Leben und Sterben und seiner Auferstehung von den Toten in den Evangelien niedergeschrieben wurde, dient nicht der persönlichen Erbauung, sondern will dem Leben eines jeden Menschen zu seinem Glaubensrecht verhelfen. Das Leben darf erfahren werden als ein wundervolles Geheimnis, das weit über unseren Verstandeshorizont hinausreicht.

Wer das Leben Jesu als seine Wahrheit eingeatmet hat, wird sich auch fragen, welche Funktion Judas Iskarioth im Heilsgeschehen hatte. Darüber gibt es nachprüfbar keine festen Anhaltspunkte. Er soll sich erhängt haben, heißt es an einer Stelle, an einer anderen soll sein Körper auseinandergebrochen sein, so dass seine Gedärme aus dem Leib hervortraten. Das hört sich schaurig an, will aber lediglich besagen, dass Judas für seinen Verrat an Jesus seine gerechte Strafe – wie Menschen es sich vorstellen – bekommen hat.

Judas gilt als Verräter, als Zuträger der Römer; als Bösewicht wird er in den Kunstwerken vieler Maler dargestellt. Doch was hat es wirklich mit ihm auf sich?

Wenn wir der Meinung sind, dass die Berichte aus dem Neuen Testament, wie sie uns vorliegen, lediglich metaphorisch, symbolisch zu verstehen sind, kann man auch eine ganz andere Geschichte um den Fall Judas annehmen.

Doch was wäre geschehen, wenn es diesen

Judas nicht gegeben hätte? Wäre Jesu dann das Kreuz erspart geblieben? Gäbe es das heutige Christentum überhaupt? Oder wäre vielleicht alles ganz anders gekommen?

Niemand kann darauf eine befriedigende Antwort geben.

In diesem Buch kann, wie in einer Ellipse mit zwei Brennpunkten, die Geschichte Jesu immer auch unter dem Blickwinkel des Judas gelesen werden. Was ist, wenn Judas gar nicht bald nach dem Tod Jesu gestorben ist, sondern in einem anderen Land weitergelebt hat?

In diesem Buch wird eine interpretierte Glaubensgeschichte des Judas Iskarioth vorgestellt. Sie ist fiktiv und gleichzeitig nicht fiktiv. Es ist eine Möglichkeit, sich mit den Geschehnissen damals ganz anders auseinanderzusetzen.

Nichts anderes will dieses kleine Buch leisten: eine interpretierte Lebens- und Glaubensgeschichte erzählen aus der Sicht des Judas als alter Mann, wie sie sich vielleicht auch hätte ereignen können.

Wer dem Geheimnis eines Menschen näher kommen will, der sollte immer wieder seinen Standpunkt ändern, sollte zulassen, dass andere Facetten auftauchen, dass neue Fragen auch Unsicherheiten mit sich bringen.

Dies ist demnach kein Essay, keine journalistische Reportage, sondern interpretierte Wirklichkeit in erzählerischer Form.

II. Die Zeit vor der Nacht der Nächte

Eigentlich wollte ich zu der ganzen Sache, die vor über vierzig Jahren passiert ist, nichts sagen; ich bin ein alter Mann und meine Erinnerungen verblassen. Daher: höre, Bileam, höre! Höre, was ich dir sagen werde und verschließe es in deinem Herzen, bis der Tag kommt, an dem du alles sagen wirst, was ich dir aufgetragen habe! Immer öfter tauchen die alten Geschichten wieder auf. Vieles stimmt einfach nicht. Vieles ist aber wahr, auch wenn es sich phantastisch anhören mag. Über den Jesus von Nazareth hört man immer mehr; er wäre jetzt etwa so alt wie ich.

Ich dachte immer, wenn ich weit genug von Galiläa und Judäa entfernt bin, finde ich vielleicht doch noch meinen Frieden. Aber selbst hier in der abgelegenen Gegend, wo ich schon etliche Jahrzehnte lebe, werde ich immer öfter von meiner Vergangenheit eingeholt. Die Menschen hier wissen nicht, wer ich wirklich bin. Und das soll auch so bleiben. Ich will meinen jetzigen Aufenthaltsort nicht nennen, weil ich nicht gefunden werden will. Nur so viel: Nach dem Tod des Rabbi bin ich über Mesopotamien immer weiter nach Osten gegangen – viele Wochen und Monate.

Ich führe ein unauffälliges Leben, meine Frau stammt von hier, und auch sie und meine Kinder, die alle hier geboren wurden, wissen nicht, welche Vergangenheit mich quält und welchen inneren Schatz ich dennoch in meiner Seele bewahre.

Die Christen, so nennt sich eine immer größer werdende Anzahl von Gläubigen überall rund um das Mittelmeer, gibt es jetzt auch hier. Zuerst wurden nur Juden getaufte Christen, aber bald darauf schon die ersten Heiden. Ich bin kein Christ, ich bin Jude, auch wenn ich die Worte, die Jesus von Nazareth uns lehrte, und seine Taten, die ihn so bekannt machten, immer mehr zu schätzen weiß. Ich bin oft hin- und hergerissen von der Faszination, die dieser Mann aus Nazareth auch auf mich ausübte. Doch ist der Mann im Grunde gescheitert. Erst nach und nach hat sich seine Lehre durchgesetzt. Ich gebe zu, er war glaubhaft in allem, was er tat und lehrte. Was hätten wir alles erreichen können – er und ich und meine Mitstreiter! Aber Politik war seine Sache nicht. Obwohl es im Leben doch immer nur um Politik geht.

Ich weiß, dass die Christen mich hassen. Und so ganz unrecht haben sie ja nicht. Andererseits ist der Nazarener erst durch mich der geworden, der er heute ist. Eine Lichtgestalt. Genau genommen war das aber nicht mein Anliegen damals.

Ich will erzählen, was wirklich passiert ist, so wie ich es noch im Gedächtnis habe. Ich weiß, dass andere meine Geschichte bezweifeln oder missverstehen.

Die Christen, aber auch die Juden, haben mich für tot erklärt. Für sie will ich es bleiben, damit sie Ruhe geben und ich meinen Frieden finde. Es gibt niemanden, der mehr gehasst wird als ich. Sie haben einen Sündenbock für Jesu Scheitern gebraucht. Hier stehe ich. Ich kann es nicht ungeschehen machen.

Ich kann euch keinen lückenlosen Lebenslauf von dem Mann aus Nazareth liefern. Ich kenne ihn nicht und andere haben sich so genau auch nie dafür interessiert. Der Mann zeigte einfach eine ungeheure Präsenz. Wenn er irgendwo war, dann war er dort ganz, zu hundert Prozent.

Er dominierte im Prinzip jedes Geschehen und jede Begegnung mit anderen Menschen.

Wenn er irgendwo auftauchte, waren wir als seine Begleiter so gut wie unsichtbar. Keiner hat auch nur ein Wort an uns gerichtet. Nur er war da. Er war so absolut da.

Anfangs habe ich mich immer gefragt, wie er das geschafft hat. Er war von seiner Erscheinung her gesehen ein ganz normaler Mann, ein Jude wie wir Männer alle. Er fiel äußerlich durch nichts Besonderes auf. Doch hatte er eine Begabung zu reden, dass man fasziniert war, dass ein Mensch mit seinen Worten andere so berühren konnte. Dass seine Argumente immer den Kern der Sache trafen. Dass alles, was er sagte, im Alltag der einfachen Leute wiederzufinden war.

Die Gefährten

Irgendwann war er da. Ganz plötzlich tauchte er wie aus dem Nichts auf. Die Fischer richteten gerade am See ihre Netze für die nächtliche Ausfahrt.

Was tut ihr hier?, fragte er.

Wir gehen unserem Broterwerb nach, sagte einer, den sie Simon nannten.

Ich hatte ihn früher schon öfter gesehen. Wenn man ihn nicht sah, hörte man ihn. Er redete den ganzen Tag über, hatte zu allem eine Meinung, wusste angeblich über alles Bescheid. Und das in einer Lautstärke, als befände er sich auf einem Marktplatz.

Komm her, Andreas, und hilf mir mal, rief er seinen Bruder.

Der war genau das Gegenteil von ihm. Ruhig, verschlossen, eher wortkarg.

Ich hoffe, wir haben heute Nacht einen besseren Fang als gestern, sagte Simon. Die ganze Schufterei und nur wenig kommt dabei raus, empörte er sich.

Und dann stand er plötzlich bei ihm. Jesus von Nazareth. Er unterhielt sich mit den Fischern. Er selbst sei Bauhandwerker, sagte Jesus. Wie sein Vater.

Aber er arbeite am liebsten mit Holz.

Gutes Material, sagte Simon. Und was willst du dann hier bei uns am See? Wir sind hier alle Fischer. Für einen Bauhandwerker haben wir nichts zu tun.

Schon gut, sagte Jesus und kniete sich hin.

Und was willst du dann hier, fragte Simon neugierig.

Ich suche Leute. Leute, die mit mir gehen.

Und wohin?, wollte Simon wissen. Mal sehen. Überall hin. Wie es sich gerade ergibt. Viel Erfolg hast du damit aber nicht gehabt, erwiderte Simon.

Den Erfolg merkt man nicht immer gleich. Das braucht alles seine Zeit. Du wirfst ja auch nicht deine Netze aus und hast in der nächsten Minute jede Menge prächtiger Fische. Geduld ist gefragt. Wir müssen alle geduldiger werden. Gott brauchte sechs Tage, um die Welt zu erschaffen. Erst dann hat er eine Ruhepause eingelegt.

Simon winkte ab.

Soso, sagte er. Abwarten also. Aber wir haben alle unsere Familien zu ernähren. Denen kann ich, wenn der Magen knurrt, nicht sagen, sie sollen mal abwarten. Auf was eigentlich sollen wir warten? Sag du es mir!

Faul in der Sonne liegen, einen Becher Wein in der Hand, sagte Simon.

Ist das nicht ein bisschen wenig? Bist du deshalb hier auf der Welt?

Warum nicht!? Arbeiten können wir jeden

Tag. Es muss etwas Besonderes im Leben passieren. Etwas ganz Außergewöhnliches.

Jesus setzte sich dicht neben ihn und legte ihm die Hand auf die Schulter.

Wenn du jetzt mitkommst, werde ich dir alles erzählen. Lass uns ein paar Schritte gehen!

Und die beiden schlenderten am Ufer des Sees entlang. Die anderen Fischer beobachteten die beiden und schüttelten ihre Köpfe.

Bist du gläubig, Simon?, fragte er ihn.

Wie alle Juden, ja.

Hast du schon mal über Gott nachgedacht?

Ich bete, wie es sich gehört, gehe am Sabbat in die Synagoge und, wenn ich in Jerusalem bin, in den Tempel. Was gibt es über Gott denn da nachzudenken? Ich tue meine religiösen Pflichten. Nicht nur ich, wir alle, die du dort siehst und die Frauen zuhause.

Wir können noch weit mehr tun, sagte Jesus. Wir können den Menschen die Liebe zu Gott nahebringen. Wir können ihnen von ihm und seinen Taten berichten. Und noch etwas Wichtigeres: Wir können ihnen einen ganz neuen Lebenssinn geben. Wenn sie verstehen wollen, warum sie auf der Welt sind, was ihre Aufgabe ist, dann können wir von dem barmherzigen Gott erzählen.

Aber was hat das mit mir zu tun?, fragte Simon. Ich bin Fischer und kein Rabbi. Das sind doch die Aufgaben von einem Rabbi, oder?

Nimm dein Leben doch selbst in die Hand und tue etwas, was ewigen Bestand hat. Komm einfach mit mir, dann siehst du, was ich meine. Komm und ruf deine Leute, dahinten. Kommt alle mit und ihr werdet staunen.

Das Reich Gottes

So oder so ähnlich hatte mir Simon die erste Begegnung mit Jesus geschildert. Warum er tatsächlich mit seinen Brüdern und Freunden ihm gefolgt ist, konnte er nicht mehr genau sagen. Es habe sich so ergeben, sagte Simon. Viele seien mitgegangen, einige hatten ihn aber schon nach kurzer Zeit wieder verlassen. Der harte Kern ist geblieben.

Irgendwann gehörte ich auch dazu. Ich bin einfach mitgelaufen, weil er immer davon gesprochen hat, dass das Reich Gottes anbrechen würde. Der springende Punkt bei mir war seine Vision von einem gerechten Reich, in dem keiner der Sklave eines anderen sein werde. Ich war schon immer politisch sehr interessiert. Wenn man auf diese Art und Weise die Römer aus unserem Land werfen könnte, dann hätte sich der ganze Einsatz für Jesus doch gelohnt.

Ich glaubte damals daran. Meine Gefolgsleute waren skeptisch. Sie gingen nicht mit Jesus. Aber sie ließen sich von mir immer alles berichten, was passierte. Und das war ja nicht wenig.

Meine Gefolgsleute und ich hatten immer wieder kleinere Truppen von Römern überfallen, sozusagen aus dem Hinterhalt. Da die Römer gewohnt waren in einer offenen Formation dem Gegner quasi ins Auge zu schauen, hatten wir eine ganz andere Taktik. Immer mal wieder schnell zuschlagen und wieder verschwinden. Nadelstiche versetzen, Ängste schüren. Sie sollten nie sicher sein, ob wir nicht doch hinter einem Felsen lauern. Wir schnitten den Römern ihre Hälse durch, stahlen die Waffen und manchmal auch das Geld, wenn sie welches mit sich führten. Sie hatten gehörigen Respekt vor uns, wussten aber nicht, wer wir waren und auch nicht wie viele. Sie mussten praktisch immer und zu jeder Zeit mit einem Überraschungsangriff rechnen. Wir machten sie damit mürbe, machten sie müde, kampfesmüde und lähmten damit ihre Mission, nämlich im Lande die Menschen kontrollieren zu können.

Wenn man Menschen auf Dauer bei der Stange halten will, dann braucht man eine Idee, man braucht eine Vision. Und da kam der Mann aus Nazareth gerade zur richtigen Zeit, denn wir verloren immer mehr den Glauben daran, die Römer vollkommen aufzureiben und sie in ihr eigenes Land zurückzudrängen.

Die Sache mit den Frauen

Frauen gehören ins Haus. Dort ist ihr Platz. Dort ist ihre Arbeit. Ich habe nie verstanden, warum Jesus so viel Aufhebens um die Frauen machte. Bei seiner Schwäche für Frauen wunderte ich mich darüber, dass er nicht verheiratet war. Die Frauen hingen an seinen Lippen. Hörten sie, dass er irgendwo in der Nähe war, ließen sie alles stehen und liegen, nahmen ihre Kinder und liefen zu ihm. Da kamen schon viele zusammen – etwa zwanzig bis dreißig. Wenn er zu den Frauen sprach, bekam seine Stimme einen anderen Klang. Sie wurde noch weicher, als sie es ohnehin schon war. Die Frauen setzten sich mit den Kindern auf den Boden. Er stand meist auf und bewegte sich im inneren Kreis der Frauen. Manchmal kniete er sich, mal setzte er sich zu ihnen. Ich habe es selbst erlebt. Und dann tat er etwas, was er eigentlich nicht tun durfte. Er rührte die Frauen an, er fasste sie am Arm oder an der Schulter oder nahm ihre Hände in seine eigenen. Manchmal streichelte er die meist abgearbeiteten groben Hände. Und sie ließen es geschehen. Er hätte wissen müssen, dass das nicht richtig ist. Wir können nicht einfach fremde Frauen anfassen.

Aber sie ließen es zu, einigen liefen manchmal Tränen über die Wangen. Er lächelte meist. Das tat er besonders gern. Er war ein lächelnder Rabbi. Aber er gewann die Herzen der Frauen. Egal ob jung oder alt, sie waren von dem Rabbi begeistert.

Unmut unter den Frauen gab es, als sie erfuhren, dass er eine von ihnen besonders gern hatte.

Er ist also ein Mann wie andere auch, hörte man die Frauen lästern.

Manche dichteten ihm sogar eine Geliebte an. Ich persönlich glaube das eigentlich nicht. Er zeigte für bestimmte Menschen ein besonderes Interesse. Das sagte er auch immer wieder und hielt damit nicht hinter dem Berg. Er machte sich gemein mit Frauen, Kindern, Bettlern, Huren, Dieben, mit allem möglichen Gesindel, das sich auf den Straßen herumtreibt und alles Mögliche tut, bloß nicht arbeitet.

Die Suche nach Gott hielt er für die vornehmste Aufgabe der Menschen. Das ließen sich besonders die Faulenzer nicht länger sagen und hatten nun allen Grund, sich immer wieder auf den Rabbi und seine Lehren zu berufen.

Die Frau, der er besonders nahestand, war Maria Magdalena. Sie war damals vielleicht siebzehn Jahre alt und von zuhause ausgerissen. Sie hatte es gewagt, dem Bräutigam, den ihr Vater für sie vorgesehen hatte, die kalte Schulter zu zeigen. Nachts stahl sie sich aus dem Haus und floh im Dunkel der Nacht. Tagelang sah man sie überall herumirren, so wurde mir zumindest zugetragen, bis sie dann Jesus fand. Ich weiß, dass manche sie für ein leichtes Mädchen gehalten haben. Aber das war sie nicht. Sie war eigenwillig und sehr aufsässig, vorlaut und konnte auch kräftig austeilen, wenn ein Mann ihr mal zu nahe kam.

Aber sie fiel auch auf, weil sie anders aussah als die meisten Frauen und weil sie Dinge tat, die eine Frau nicht tun, geschweige denn sagen darf. Sie hatte rotes Haar, für viele ein Zeichen dafür, dass sie mit dem Teufel und den Dämonen gemeinsame Sache machte. Es gab sogar Menschen, die hatten vor ihr Angst. Ihre Augen waren grün, stechend grün. Manchmal legte sie sogar in aller Öffentlichkeit ihren Schleier ab, band das Haar auf und ließ es im Wind wehen wie eine Fahne.

Das kam nicht gut an bei den Leuten. Andererseits habe ich selbst etwas erlebt, was die Frau wieder in einem anderen Licht erscheinen lässt. Ich bemerkte, dass sie nachts manchmal vom Lager aufstand und hinter einem Felsen verschwand. Ich hatte zuerst gedacht, sie würde sich mit dem lächelnden Rabbi treffen. Ein kleines Stelldichein. Aber sie war allein. Ich schlich mich ganz nahe an sie heran. Sie kniete und hatte die Hände auf einen Felsvorsprung gelegt und schaute nach oben in den sternenklaren Himmel. Sie betete. Sie betete so, wie der Rabbi es auch oft tat, wenn er sich zurückzog und seine Ruhe haben wollte.

Ich schäme mich heute, dass ich ihrem Gebet gelauscht hatte. Aber ich wollte unbedingt wissen, was sie nachts da draußen alleine treibt. Ich kann ihre Worte nicht mehr wiedergeben, aber ich fand es doch merkwürdig, dass sie wie der Rabbi von Gott als ihrem Vater sprach. Das passte zu ihr, dachte ich. Sie ist auch noch anmaßend. Sie macht nicht einmal vor der Ehre Gottes halt.

Und dann sprach sie leise über ihr Leben, ihre Familie, dass Gott sie segnen solle, dass er ihr verzeihen soll, dass sie dem Rabbi hinterherläuft. Aber sie halte diesen Jesus für den ungewöhnlichsten Menschen, der ihr je begegnet ist. Er sei in seiner Art viel weicher als andere Männer, und dennoch habe er gerade zu Simon gesagt: Weiche von mir, du Teufel.

Das habe sie erschreckt. Sie sprach weiter in

ihrem Gebet, sagte alltägliche Dinge und bat um den Segen für sich und alle Menschen, die mit ihnen durchs Land zogen. Sie erzählte sogar von ihren sündigen Gedanken. Aber den Teil des Gebetes hörte ich nicht mehr richtig, weil Wind aufkam und ihre Worte wegtrug.

Ich frage mich natürlich, ob Gott dieser Frau tatsächlich zugehört hat. Hat er so viel Zeit, dass er jedes Gestammel eines Menschen hört und es sich zu Herzen nimmt? Ich persönlich denke von Gott anders. Er ist jemand, vor dem man Respekt haben muss, den man ehren muss, vor dem man seine Gebete verrichten muss. Vor dem man sich kleinmacht und vor allem, den man nicht mit Vater anredet. Das geht eindeutig zu weit. Aber genau das brachte der Rabbi seinen Leuten bei.

Ihr dürft zu Gott wie zu einem Vater sprechen.

Ich habe da meine ganz eigenen Erfahrungen gesammelt. Mein Vater war meistens betrunken, schlug meine Mutter, mich und meine Brüder und brüllte und schrie nach Wein. Dann rannte er oft ins Wirtshaus und trieb sich mit Huren herum, bis kein Geld mehr da war. Da hatten die Huren auch schnell das Interesse an ihm verloren. Eines Tages fand man ihn im Dreck liegend, das Gesicht nach unten. Ich habe ihn selbst nicht gesehen. Aber andere haben mir erzählt, seine letzten Worte seien »Mehr Wein!« gewesen. Ich weiß nicht, ob das wirklich so war. Meine Mutter war beim Tode meines Vaters aus meiner heutigen Sicht noch relativ jung gewesen. Als sie vierzehn Jahre alt war, kam ich zur Welt und dann jedes Jahr ein weiteres Kind. Nicht alle überlebten. Da mein Vater immer alles Geld vertrank, fehlte es oft an Nahrungsmitteln. Er war Tagelöhner. Mit fünfundzwanzig Jahren stand meine Mutter dann mehr oder weniger alleine in der Welt. Sie verschwand eines Tages und wir wurden von Nachbarn und Verwandten großgezogen. Sie soll sich an Männer verkauft haben in der Stadt. Ich habe sie nie wieder gesehen und nie mehr etwas von ihr gehört.

Die nackte Frau

Wenn ich zurückdenke, dann beschäftigt mich eine Begebenheit besonders. Wir waren in einem Dorf in der Nähe des Sees, es war brütend heiß und wir lagen im Schatten. Simon aß wie immer Oliven und spuckte die Kerne in die Gegend. Da hörten wir Geschrei, das immer näher kam. Zuerst sah ich einen Mann davonlaufen. Hinter ihm her rannten einige andere Männer und schlugen mit Peitschen auf ihn ein. Dann wurde das Geschrei noch größer, denn sie schleppten eine junge Frau an, rissen ihr die Kleider vom Leib, so dass sie nackt vor ihnen stand. Sie versuchte ihren Körper zu bedecken, aber die verbliebenen Stofffetzen reichten nicht aus. Sie war eine sehr schöne Frau. Die Männer trieben sie zu einer Mauer hin und blieben dann ungefähr fünf Meter von ihr entfernt stehen. Einer von ihnen, ich nehme an der Dorfälteste, stellte sich breitbeinig vor Jesus und grinste.

»Was habt ihr mit der Frau vor?«, fragte Jesus.

»Wir haben sie ertappt. Sie hat mit einem anderen Mann in ihrem Ehebett gelegen. Sie hat Ehebruch begangen. Das Gesetz schreibt vor, solche Frauen zu steinigen. Deswegen sind wir hier.«

Die anderen Männer kamen jetzt auch etwas näher und zeigten Jesus demonstrativ die Steine, die sie schon mal aufgelesen hatten.

»So, steinigen wollt ihr sie?«

Sie wollten Jesus in die Enge treiben und seine Meinung dazu hören. Natürlich interessierte sie Jesu Meinung nicht im Geringsten, aber da sie ohnehin nicht gut auf ihn zu sprechen waren, hofften sie, dass sie Jesus vielleicht anklagen könnten. Denn eines wussten sie ganz genau. Das Gesetz des Mose war heilig. Und es war eindeutig. Die Frau hatte den Tod verdient.

Jesus hatte sich inzwischen gesetzt und schrieb das Wort »Barmherzigkeit« in den Sand. Die Männer kamen immer näher an Jesus heran und diejenigen, die lesen konnten, sagten den anderen, was er geschrieben hatte. »Barmherzigkeit«.

»Was willst du damit sagen, Jesus von Nazareth? Kommst hierher und mischst dich in unsere Angelegenheiten ein! Was soll das: Barmherzigkeit? Stehst du jetzt auf der Seite des Gesetzes oder auf der Seite dieser Hure?« Jesus schwieg.

»Antworte, wenn ich mit dir rede.«

»Was ich zu sagen habe, steht hier im Sand geschrieben.«

»Bist du etwa der Verteidiger dieses Weibes?«

»Rede nicht so über sie! Seid ihr ihre Richter?«

»Ja, du Klugscheißer. Wir sind auf der Seite des Gesetzes. Du nicht.«

Jesus stand auf und strich sich durch den Bart.

»Nun gut.«

»Heißt das, du bist einverstanden mit der Steinigung?«

Jesus lächelte und schaute in die Runde der Männer, die immer grimmiger schauten und jetzt schon in jeder Hand einen Stein hielten.

»Nun gut«, sagte Jesus. »Ihr könnt sie steinigen – aber unter einer Bedingung. Wer noch nie etwas Böses getan oder gesagt oder gedacht hat, wer sich immer ganz getreu nach dem Buchstaben des Gesetzes verhalten hat – der soll den ersten Stein werfen.«

Die Männer schauten sich ratlos an. Jesus hatte sich gekniet und schrieb wieder in den Sand: »Barmherzigkeit«. Und er schaute sie an und die Männer schauten fast alle unter sich.

Jesus stand wieder auf: »Nun?«

Es war Stille, die Hitze unerträglich. Jesus ging an den Männern vorbei und schaute jedem in die Augen. Keiner konnte ihm in die Augen sehen. Auch nicht der Älteste. Er warf seinen Stein weg und ging wortlos seines Weges. Auch die anderen hatten ihre Steine weggeworfen und gingen. Jesus schaute ihnen noch lange nach.

Die Frau blieb alleine zurück; ihr Mund zuckte, Tränen flossen und sie warf sich Jesus zu Füßen.

»Hat dich jemand von ihnen jetzt verurteilt?«, fragte er sie.

Sie schüttelte den Kopf und blickte zu Boden. Jesus half ihr wieder auf die Beine.

»Auch ich verurteile dich nicht. Gehe deines Weges und ändere dein Verhalten, ändere dein Leben.«

Die Frau raffte ihre Kleider vom Boden auf und verhüllte sich. Dann ging auch sie, ohne ein Wort an Jesus zu richten.

Nach einer Weile schlich Simon um Jesus herum und schaute ihn aus den Augenwinkeln an.

»Ich glaube, du hast einen Fehler gemacht.

Was geht dich diese Frau an? Wo kämen wir hin, wenn jede Frau, die beim Ehebruch ...«

Jesus schaute Simon Petrus besorgt an. »Was wäre, wenn ...?«

»Gesetz ist nun mal Gesetz. Das musst du doch besser wissen. Gesetze sind dazu da, dass sie eingehalten werden. Oder glaubst du, dass diese Frau unschuldig war?«

»Das habe ich nicht behauptet!«

»Ach! Und was sollte dann das ganze Theater? Wenn du dich jedes Mal einmischst, wenn irgendeine Frau im Bett eines anderen liegt und dabei erwischt wird ... Ich meine, die hat es doch dann nicht besser verdient. Auge um Auge ...«

»Was weißt du von dieser Frau, Simon?«

Simon lehnte sich genüsslich an einen Baum. »Was man halt so hört. Verführerisch sieht sie aus, sie soll die geborene Verführerin sein. Das habe ich zumindest gehört. Und außerdem ...«

»Und außerdem?«

»Und außerdem soll sie ständig anderen Männern schöne Augen machen.«

»Tatsächlich? Schöne Augen? Sie hat schöne Augen. Sie ist schön. Sie ist jung und schön.«

»Dann soll sie erst recht ihren Blick senken! Das gehört sich so.«

»Das gehört sich so?«

»Im Übrigen sollte sie, wie jede anständige Frau, ihr Gesicht bedecken. Sie ist eine Herausforderung. Erst neulich hörte ich, wie sie beim Wasserschöpfen am Brunnen doch tatsächlich mit fremden Männern gesprochen haben soll.«

Jesus schaute Simon mitleidig an. »Du magst sie nicht.«

»Was ich meine, ist dies, Meister: Gut, du hast sie vorm Steinigen bewahrt. Vorerst. Und beim nächsten Mal? Was, wenn du dann nicht in der Nähe bist? Oder wenn du doch in der Nähe bist und dich wieder einmischst. Dann steinigen sie dich gleich mit ihr. Hast du darüber schon mal nachgedacht? Sie wird es wieder tun, immer wieder. Sie ist so eine. Das wirst du auch nicht ändern. Es gibt viele wie sie. Willst du überall sein, wo sie gerade sind und sündigen? Und dich dann immer und überall einmischen? Und das nur wegen ihrer schönen Augen ...?«

Jesus seufzte. »Ich hoffe, diese Frau wird aus ihrem Fehler lernen.«

»Du hoffst, du weißt es aber nicht. Das ist ein wenig dünn.«

»Sie wird es nicht mehr tun, wenn sie ihr Unrecht einsieht.«

»Und wenn nicht?«

»Es liegt nicht in meiner Macht. Sie muss ihr Verhalten vom Grund ihres Herzens ändern wollen. Mit ganzem Herzen muss sie es wollen. Sie hat eine neue Chance bekommen. Das ist viel. Glaubst du nicht, Simon?«

»Ihr Mann muss es vor allem glauben. Sonst schickt er sie in die Wüste. Der arme Kerl ist geschlagen mit so einer Frau. Legt sich zu einem anderen ins Bett.«

Simon spuckte weiter seine Olivenkerne aus.

»Sie hat mit einem anderen Mann geschlafen«, sagte Jesus, so als wolle er das nochmals mit aller Deutlichkeit feststellen.

»Davon reden wir doch die ganze Zeit, Meister. So etwas ist nicht gutzuheißen.«

»Sie hat es aber nicht alleine getan. Sie hat den Mann bestimmt nicht dazu gezwungen.«

Jesus lächelte.

Simon schaute verständnislos. »Natürlich nicht!«

»Natürlich? Was ist daran so natürlich?«

»Sie wird ihn mit ihren Augen betört haben.« Simon schaute ins Leere. »Sie wird ihn wohl mit all ihren Sinnen betört haben. Verzückt hat sie ihn mit ihren Reizen. Du hast sicherlich bemerkt, welch schönes Haar sie hat und welch schönen Schmuck sie trägt ... Sie hat ihn einfach überrumpelt ..., meinst du nicht auch?«

»Ich war nicht dabei.«

»Aber du kannst es dir vorstellen!«

»Ich kann mir vieles vorstellen!«

»Aha!«

»Ich kann mir auch vorstellen, dass dieser Mann sie begehrt hat. Vielleicht wollte er sie schon lange einmal, obwohl er wusste, dass sie verheiratet ist. Er selbst ist übrigens ja auch verheiratet. Schon seit vielen Jahren. Er hat sie ebenso begehrt wie sie ihn.«

»Du meinst, er ist schuld daran?«

»Es ist die uralte Frage, die nicht zu lösen ist, ob zuerst die Henne oder zuerst das Ei da war. Es spielt auch gar keine Rolle. Tatsache ist, dass sie beide daran beteiligt waren an dem Ehebruch. Auch der Mann hat die Ehe gebrochen, als er sich mit ihr einließ. Er ist seiner eigenen Frau untreu geworden. Darüber hat aber niemand geurteilt.«

»Das überzeugt mich nicht. Ein Mann steht ja schließlich über der Frau und hat das Recht auf seiner Seite. Früher oder später wird sie jedenfalls der Stein treffen, der sie heute schon hätte treffen sollen. Da bin ich mir sicher.«

Jesus machte eine Handbewegung, die Simon nicht deuten konnte. Inzwischen hatte er alle Oliven aufgegessen. Als Jesus in Richtung des Stadttores ging, folgten er und seine Gefährten ihm.

Ich habe diese Geschichte so ausführlich erzählt, weil ich noch alles vor mir sehe, als sei es erst gestern geschehen. Aber so war er. Diese Begebenheit zeigt sein wirkliches Herz. Mir hat das imponiert, obwohl ich der Meinung bin, dass man nicht alle Fehlverhalten entschuldigen kann. Auch Strafe muss sein, und zwar nicht erst im Jenseits, sondern hier und jetzt.

Zu den Frauen hatte Jesus ein ganz besonderes Verhältnis. Selbst in Samarien, dem Flecken Erde, wo die Menschen wohnen, die mit uns nicht die gleiche Religion haben, selbst dort gab es eine denkwürdige Begegnung zwischen Jesus und einer Samariterin. Mit den Leuten verkehren wir nicht und ihre Frauen sprechen wir natürlich nicht an. Sie sind alle unrein. Jesus hielt sich nicht daran. Er war unterwegs von Judäa nach Galiläa und musste auf dem Weg durch Samarien. Am Jakobsbrunnen bei der Stadt Sychar machte er Rast. Er war müde und erschöpft. Es war so um die Mittagszeit. Eine Samariterin kam zum Brunnen, um Wasser zu schöpfen. Anstatt die Frau in Ruhe zu lassen, sprach er sie an.

Gib mir zu trinken!

Die Frau war erstaunt, war aber so selbstsicher – wie es sonst einer Frau eigentlich nicht zukommt – und fragte ihn, warum er, ein Jude, eine Samariterin um Wasser bitte. Er sagte, wenn sie wüsste, wer er sei, der sie um Wasser bitte, dann hätte sie von sich aus ihn gebeten, ihr lebendiges Wasser zu geben. Lebendiges Wasser sei eine Gabe Gottes. Die Samariterin hakte nach, wollte wissen, was das sei: lebendiges Wasser. Und er erklärte es ihr. Wasser zum Durstlöschen kennt jeder.

Wer durstig ist, trinkt und nach einer Weile hat man wieder Durst. Dann trinkt man wieder etwas und so weiter. Er sprach aber von einem Wasser, das mit der Ewigkeit zusammenhängt. Es ist ein Wasser, das den Durst für immer stillt, denn es kommt von Gott und fließt zu Gott, so dass sich der Kreislauf schließt.

Da ich damals in Samarien nicht dabei war, habe ich es mir von einem anderen Gefährten erzählen lassen. Ich muss mir dieses Wasser vorstellen, das von der Quelle Gottes kommt. Es ist Lebenswasser. Es geht im Leben um mehr als nur um Sattwerden und Nicht-mehr-durstig-sein. Jesus hatte mal einen schönen Vergleich zu Hilfe genommen, um sich das göttliche Wasser und den Geist Gottes für unseren Alltag vorstellen zu können. Er sagte nämlich – und ich war damals selbst dabei –: Ich will, dass ihr das Leben habt, und zwar in Fülle.

An den Satz habe ich in meinem Leben immer wieder denken müssen. Jesus war ein Mann des Geistes, er war tiefsinnig und fragte so lange, bis die Menschen die Quellen ihres Lebens selbst entdeckten. Nicht jedem gelang dies. Aber er sagte immer wieder, dass sie sich auf einen geistlichen Weg machen müssen, einen Weg, auf dem man nichts mitnehmen muss, was man sonst auf einer Reise dabeihat. Es ging ihm, so glaube ich heute, immer um mehr als nur dieses Leben hier auf der Erde. Er sprach von anderen Dimensionen. Meine Gefährten jedenfalls haben mir das so erklärt.

Zu viele Gedanken?

Ich fragte ihn einmal bei einer günstigen Gelegenheit, während wir Rast machten am Galiläischen Meer. Mir brannte eine Frage auf der Seele, die ich dem Meister schon lange stellen wollte.

»Meister, wie geht es mit uns eigentlich weiter, wenn wir alle Dörfer in unserem Land besucht haben? Setzen wir uns dann zur Ruhe? Wir können doch nicht einfach nichts mehr tun? Und was wird dann aus den Frauen, aber auch aus uns? Wohin werden wir gehen, wenn alle Wege gegangen sind?«

»Du machst dir viele Gedanken, Judas. Aber

bedenke, es gibt immer zu tun, wir werden nie alle erreichen, um ihnen die gute Nachricht von dem barmherzigen Gott zu verkünden. Aber wenn du schon fragst: Wir werden die Grenzen des bekannten Landes, in dem wir groß geworden sind, irgendwann überschreiten. Wir müssen weiterziehen, immer weiter. Es gibt noch so viele Menschen, die krank an Körper, Geist und Seele sind. Wir sind aufgerufen, auch zu den verlorenen Töchtern und Söhnen zu gehen. Die Grenzen sind da, damit wir sie überschreiten. Wir werden neue Gefährten finden müssen, die aus den uns noch unbekannten Ländern stammen und sie müssen in ihrer Sprache und in ihrer Kultur Gott den ihm gebührenden Platz zeigen. Das wird vielleicht nicht immer einfach. Aber das habe ich ja auch nie behauptet. Und irgendwann werden dann andere unsere Aufgabe übernehmen und weiterführen.«

Mir machte das Angst. Sollte es immer wo weitergehen? Ich wollte nicht in ferne Länder gehen. Ich wollte immer in meiner jüdischen Heimat bleiben. Ich wusste, dass wir hier immer genug zu tun haben würden.

»Meister, wann dürfen wir uns ausruhen,

wenn wir immer weiterziehen müssen. Wann ist das Ende?«

»Es wird kein Ende geben, bis die Welt untergehen wird. Wir hier sind nur eine kleine Gemeinschaft, deren Aufgabe es ist, Gottes Botschaft der unbedingten Liebe zu verbreiten. Ich weiß auch nicht mehr, Judas, aber das sollte dich nicht beunruhigen.

Es wird weitergehen. Es wird immer weitergehen. Sei gewiss, das wird es, und du brauchst dich nicht zu fürchten. Gott selbst wird dir eingeben, was du zu denken und zu sagen hast. Verlass dich auf ihn wie auf die ständige Wiederkunft der Jahreszeiten. Ist das keine erfreuliche Botschaft für dich?«

»Meister, aber ich spüre, dass es immer mehr Menschen auch in unserem Land gibt, die dich beargwöhnen. Du hast nicht überall Freunde. Woher also deine Zuversicht?«

»Es kommt, wie es kommen wird. Ich mache mir und auch dir nichts vor. Ich weiß das alles. Aber es ist nun einmal so. Und auch ich kann nichts dagegen unternehmen.«

»Du könntest heiraten und eine Familie gründen, zum Beispiel mit Maria Magdalena. Dann hättest du eine sehr schöne und eine sehr kluge Frau. Warum reizt dich das nicht? Es ist doch auch unser jüdischer Glaube, dass wir zur Ehre des Ewigen Kinder in die Welt setzen müssen. Oder gilt das für uns nicht, nur für andere?«

Jesus legte mir seine Hand auf die Schulter. Sorge dich nicht, es wird sich alles ergeben, auch ohne dass wir irgendetwas dazu beisteuern. Es passiert einfach. Vertrau darauf. Mache nicht schon Pläne, deren Zeit noch lange nicht gekommen ist. Lebe im Jetzt und nicht in der Zukunft. Sie ist noch nicht. Wozu sich Gedanken machen? Nur das Jetzt zählt. Nur im Jetzt können wir leben, reden und auch sein. Alles andere passt nicht in deine Zeit, deine Lebenszeit, die ja auch begrenzt ist. Denk daran, Judas!

Wir können nur heute und im Hier leben und sein. Die Vergangenheit hat sich vollendet, sie ist nicht mehr. Die Gegenwart ist in der Sekunde, in der du lebst, schon wieder Vergangenheit. Sie hat sich vollendet. Denke tiefer als andere. Sei Mensch, denn das kannst du nur sein in der jeweiligen Minute und Sekunde. Sprich das Wort jetzt. Schiebe nichts auf die lange Bank. Mache keine Pläne, überlasse das anderen Menschen. Unsere Aufgabe erhebt einen Anspruch nur im Jetzt, in deinem Wimpernschlag in der Länge deines Atems, der kommt und geht. Er ist schon wieder vorbei, aber er kommt und geht schon wieder. Er ist da und dann auch schon nicht mehr da. Aber sorge dich nicht. Solange du atmest, atmest du auch Gottes Gegenwärtigkeit ein. Er ist in dir, sobald du zu atmen beginnst. Und er ist in der Nacht in deinen Träumen, in denen du, ohne es zu wissen, auch atmest. So ist Gott immer gegenwärtig. Lasse dich darauf ein! Lasse dein Leben geschehen, als sei es nur so beiläufig, wie dein Atem kommt und geht.

Denke und handele in der Gegenwart, jetzt, und lass dein ständiges Planen sein!«

»Meister, das hört sich alles schön an und ist auch sehr geistreich, aber was geschieht denn jetzt wirklich mit uns, mit dir und mir, mit den Gefährten, den Frauen, die sogar während unserer Wanderschaft gebären. Und ihre Kinder sind von klein auf mit uns. Sollten nicht die doch wenigstens eine Bleibe finden hier auf der Erde?«

»Sie haben ihre Bleibe, wie du sagst, schon in Gott. Und auch wir haben unsere Heimat in Gott. Die kann uns niemand wegnehmen. Heimat ist ja nicht nur eine Bleibe an einem bestimmten Ort. Denk an unsere Vorfahren, denk viele Jahrzehnte zurück, was sie uns mitteilten. Ihr Gott zog immer mit ihnen. Sie konnten nie ihre Heimat und ihre Bleibe verlieren, weil sie immer mit ihnen zogen.

Denk tiefer, Judas, ihr alle müsst lernen tiefer zu denken! Zerschlagt den harten Kern eurer Widerstände! Ihr seid schon immer von Gott gesegnet, schon immer für ihn bestimmt gewesen, schon vorher, als ich selbst es noch nicht wusste. Denke tiefer! Um das zu erreichen, bete, bete, wann immer du kannst und bitte Gott, dich nicht nur auf deinem Lebensweg zu begleiten, denn das tut er ja sowieso. Bitte ihn um Einsicht, bitte ihn um die Kraft, dein Leben durchzuhalten, wenn du glaubst, nichts mehr durchhalten zu können. Es ist dir und auch den anderen aufgegeben, zu eurer Seele durchzudringen. Nur dort wirst du, Judas, Ruhe finden, ganz gleich, was du auch tun wirst. Doch ist es zu früh, schon jetzt darüber zu sprechen. Hab Geduld, überlasse dich Gott und seiner Führung und Fügung. Du wirst nicht nur angstfreier leben können, du wirst auch einen tieferen Sinn finden in dem, was du denkst und tust. Das ist ein Geschenk Gottes an dich. Halte dieses Geschenk fest! Lass dir nichts von anderen erzählen, die glauben, sie wüssten andere und vor allem bequemere Wege zu deinem Heil. Gott allein genügt, Judas. Nur er kann dir Ruhe, Ziel, Heimat und Bleibe sein.«

Ich erzähle dir, mein Bileam, so ausführlich davon, weil mir diese Ereignisse erst heute wieder in meinen Gedanken aufgetaucht sind. Ich habe sie in all den vielen Jahren einfach vergessen. Gut, dass du da bist. Du hilfst mir mit deiner Anwesenheit, Altes wieder zum Vorschein zu bringen. Behalte es bei dir, Bileam, und erzähle, wenn ich schon lange nicht mehr da bin. Aber warte so lange, warte und fasse dich in Geduld, wie auch ich mich in Geduld fassen musste all diese vielen Jahrzehnte, die ich schon auf Erden verbracht habe.

Kaiser und Gott

Der Kaiser in Rom, der meine Heimat besetzt hatte, war natürlich weit weg, und dennoch war er allgegenwärtig. Das wurde mir erst richtig klar, als die Pharisäer Jesu mal wieder eine Falle stellen wollten. Er sollte ihnen sagen, ob man dem Kaiser Steuern bezahlen muss. Das war äußerst geschickt eingefädelt und sie dachten, jetzt würde Jesus keine ausweichende Antwort mehr geben können. Doch sie irrten. Er ließ sich von ihnen einen Denar zeigen, mit dem sie ihre Steuer entrichteten und fragte sie, was man auf der Münze sehen kann. Das wusste bei uns zu unserem eigenen Ärgernis jeder.

Da ist ein Bild des Kaisers auf der Münze und eine Aufschrift.

Richtig, antwortete Jesus. So gebt dem Kaiser, was dem Kaiser, und Gott, was Gott gehört.

Mit dieser Antwort hatten sie natürlich nicht gerechnet und gingen alle davon.

Spätestens zu dem Zeitpunkt ist mir aber klar geworden, dass Jesus nicht vorhatte, die Römer mit Gewalt zu vertreiben. Er war sogar bereit, den verhassten Römern weiterhin Steuern zu zahlen. Für ihn war klar: Es gibt eine Trennung von weltlicher und göttlicher Macht. Diese Meinung teile ich bis heute nicht. Es ist vielmehr eine willkommene Ausrede, unter dem Deckmäntelchen der Religion die römische Staatsmacht anzuerkennen. Wer dem Kaiser Steuern zahlt, erkennt ihn als politischen Machthaber an. Das wäre das Letzte, was ich tun würde. Ich war enttäuscht von dem Mann aus Nazareth. Warum hat er nicht klare Kante gezeigt, sondern ist auch noch eingeknickt, indem er dem Kaiser auf diese Weise huldigte?

Es wurde in der Zeit, als Jesus im ganzen Land umherzog, oft davon gesprochen, dass er der Messias sei, auf den das jüdische Volk schon so sehnsüchtig wartet. Eine Zeitlang war auch ich der Meinung, er könne mit seiner Autorität, die er zweifellos besaß, klare Verhältnisse schaffen. Doch bevor man mit Waffen und einem Aufstand loslegt, muss man die Menschen darauf vorbereiten. Und das geht nur mit Worten. Eine andere Möglichkeit sehe ich nicht. Die Menschen wollen herangeführt werden, ihnen muss die politische Situation immer wieder erklärt werden. Und Auswege aus dem Dilemma müssen langsam Tropfen für Tropfen in sie eingeträufelt werden. Die Menschen verstehen nicht gleich, was man vorhat und dass das Gute vorangetrieben werden muss, also der Kampf gegen Unterdrückung und Gerechtigkeit geführt werden muss. Freiwillig würden sich die Römer nicht von unserem schönen Land verabschieden. Alleine aus Gründen des Machterhaltes geht das schon nicht. Mit ihnen zu diskutieren ist genauso unsinnig. Wie will man auf Augenhöhe mit jemandem sprechen, der hinter sich ganze Divisionen weiß. Die Waffen sind immer das stärkste Argument. Das wird auch in ein paar tausend Jahren nicht anders sein. Da bin ich mir sicher.

Ich hatte aber die Hoffnung nicht aufgeben wollen, Jesus vielleicht doch auf meine Seite ziehen zu können. Also suchte ich jede Gelegenheit, mit ihm ins Gespräch zu kommen. Das war nicht so einfach, denn ständig war er von Menschen belagert, die von ihm irgendwas wollten. Er war für die einfachen Leute der Heilsbringer. Mir ging es immer um die politische Dimension. Ich wusste, ich musste hartnäckig bleiben. Also beobachtete ich ihn ständig, versuchte mit ihm zu reden und seine Aufmerksamkeit zu gewinnen.

Eines Abends, es begann schon zu dämmern und wir hatten gemeinsam am Lagerfeuer gegessen, machte er sich auf und wollte wieder in die Stille gehen, wie er es am Abend immer tat. Ich trat ihm entgegen und sprach ihn einfach darauf an.

Meister, du bist ein kluger Mann. Entschuldige meine Frage, aber wieso unterstützt du nicht die Sache unseres Volkes? Die Römer sind doch unsere Feinde. Die bringen uns nichts Gutes. Die nehmen uns aus, vergewaltigen unsere Frauen und lachen über uns. Neulich sagte einer zu mir: Na, dann geh doch mal schnell zu deinem Gott beten. Der kann dir ja helfen.

Das ist nicht nur eine Beleidigung unseres Gottes, sondern auch eine Demütigung. Ich will und kann das alles nicht mehr länger schlucken. Irgendwann passiert es und ich schlage zu. Wir brauchen einen Plan, wir brauchen aber vor allem jemanden, auf den das Volk hört – jemanden wie dich. Wenn du unsere Sache mitträgst, haben wir schon halb gewonnen.

Judas, du hast meine Botschaft nicht verstanden. Habe ich euch nicht von dem guten und barmherzigen Gott erzählt, einem Gott, für den jeder einzelne Mensch wichtig ist? Ich habe von Gerechtigkeit gesprochen, nicht von Recht. Ich spreche auch heute noch davon, wie wir Gott gegenüber gerecht sein können, wie Gott uns gerecht machen kann, wenn wir ihn hören, wenn wir wirklich hören und zuhören, was in unseren Gesetzen steht. Das Gesetz muss für den Menschen da sein, das ist richtig.

Du weißt doch, wie groß die Anfeindungen und die Empörung der Schriftgelehrten waren, als ihr am Sonntag Ähren von den Feldern gerissen habt. Der Buchstabe des Gesetzes gilt natürlich. Ich bin nicht gekommen, das Gesetz aufzuheben, sondern es zu erfüllen. Das Leben muss nicht dem Gesetz dienen, sondern das Gesetz muss dem Leben dienen. Wir müssen die Menschen dazu bewegen, anders zu denken. Wir müssen die Menschen lehren, auf Gott zu vertrauen. In den Zehn Geboten steht der Satz: Du sollst nicht töten! Wir müssen aber mehr dazu wissen, um den Zusammenhang herstellen zu können. Gemeint ist doch: Wenn du ein gottesfürchtiger Mensch bist, wenn du dich auf das Wagnis des Glaubens einlässt, wenn du ganz beseelt bist davon, Gott gegenüber gerecht zu werden, dann nämlich wirst du nicht stehlen, du wirst nicht töten, du wirst nicht die Ehe brechen, weil das dann nicht mehr zu deiner Lebens- und Glaubenseinstellung passt, weil du dich auf der Fährte Gottes bewegst.

Höre, Israel!, so steht in der Schrift. Es kommt auf das Hören, auf das Hinhören an. Es kommt darauf an, das Gehörte im Geiste zu erwägen, es sich schmackhaft zu machen. Gott sprach und die Erde entstand, so heißt es schon bei Mose. Wenn Gottes Wort so hoch bewertet wird, und zwar zu Recht so hoch bewertet wird, und wenn das Wort etwas bewirkt, nämlich Leben bewirkt, dann wird auch das Wort Gottes, das Mose auf die zehn Steintafeln gemeißelt hat, dich dazu bewegen, dich auf dieses Wort Gottes einzulassen. Du wirst so begeistert sein vom Wort Gottes, dass du überhaupt nicht mehr auf die Idee kommst, das Wort Gottes als Zwang zu empfinden. Dann wirst du gut handeln wollen.

Das alles gehört zur Gerechtigkeit, die mit dem Namen Gottes eng verbunden ist.

Wenn du die Römer aus unserem Land jagen willst, mit Waffengewalt, wie du es dir vorstellst, dann betrittst du den Bereich des Rechtsempfindens. Es geht dir um die Wiederherstellung des Rechts für unser Volk. Du willst das Recht, wie du es dir vorstellst, wiederherstellen.

Was ist daran nicht richtig, Meister?

Ich rede noch immer vom Reich Gottes, das wir auf Erden schon im Kleinen wachsen lassen. Wachstum braucht Zeit und Geduld. Und die hast du nicht. Du willst alles, und zwar sofort.

Ja, weil die Römer wegmüssen. Besser heute als morgen.

Ich spreche von geistlichen Dingen, du von weltlichen. Und genau das gilt es zu unterscheiden. Deswegen werden wir auch weiter dem Kaiser von Rom die Steuern entrichten. Ich sage nicht, dass das unserem Rechtsempfinden entspricht. Aber die Gerechtigkeit ist auf Dauer und auf Zeit angelegt. Und wenn es die Römer schon lange nicht mehr geben wird, dann wird das Bemühen um Gottes Gerechtigkeit noch immer unter uns sein.

Wir reden aneinander vorbei, Meister. Du meinst etwas anderes als ich. Denn ich will die Gerechtigkeit vom Himmel auf die Erde holen. Das ist dann das Recht, das ich und wir wieder einsetzen werden. Und zwar ohne die Römer oder andere Besatzungsmächte.

Enttäuschungen

Wir haben so ähnliche Gespräche oft geführt. Ich weiß, dass er nie verstanden hat, was ich meine. Ihm ging es immer um etwas anderes, das ich aber nicht verstehen kann. Ich verstehe schon die Worte, die er mir sagte, aber er war mir gegenüber immer ungerecht. Er hat die Wirklichkeit, in der wir leben, glaube ich, nie richtig begriffen. Seit meiner Bar-Mizwa kenne ich die Vorschriften meiner Religion, ich habe in der Synagoge oft bei den Gelehrten gesessen und durfte auch oft aus den heiligen Schriftrollen lesen. Ich habe an den Lippen der Schriftgelehrten gehangen und immer darauf gewartet, dass sie mal ein

Machtwort sprechen und zur Tat schreiten. Ich war bereit, und meine Mitstreiter waren es auch. Aber wir brauchen die religiösen Führer, die für uns sprechen: in der Synagoge, im Alltag, einfach zu jeder Gelegenheit.

Ich bin noch heute enttäuscht. Der Meister hat mich enttäuscht. Die Welt ändert sich nicht durch schöne Worte. Das glauben nur der Meister und die Schriftgelehrten. Dabei waren er und die Gelehrten doch sonst nicht einer Meinung. Wie oft hat er sie vorgeführt, sie bloßgestellt. Ich will keine Partei für die Pharisäer, auch nicht für die Sadduzäer, ergreifen. Aber ohne sie geht es eben nicht.

Die Römer haben sich für unsere Religion nie interessiert. Wir waren für die nur Sklaven, die man in Schach halten musste. Sie haben uns nicht vertraut – ehrlich gesagt, sie hatten tatsächlich ihre guten Gründe dafür. Die Römer hatten auch keine größeren Probleme mit unserem Glauben an Gott, dessen Namen wir nicht kennen. Ein Gott mehr oder weniger in ihrem Götterhimmel störte sie nicht. Unser Gott dagegen erhebt den Anspruch, der einzig Wahre zu sein. Wir fertigen von unserem Gott auch keine Bilder an, geschweige denn Statuen wie die Römer. Denn Gott lässt sich nicht einfach so mal darstellen. Ich kenne mich aus in meiner Religion. Das habe ich schon oft bewiesen. Der Meister hat mich nicht ganz ernst genommen. Das hat mich immer geschmerzt. Stattdessen hat er große Stücke auf das Großmaul Simon gehalten. Der hat den Mund schon immer ziemlich voll genommen. Aber wenn es darauf ankam, hat er sich still und leise zurückgezogen. Er hat Jesus sogar in der besagten Nacht verleugnet.

Habe ich vielleicht mehr getan, dass man mich so hasst? Dass Menschen auf meinen Namen spucken und mich verfluchen? Ich glaube, Simon hat nur einmal wirklich Rückgrat bewiesen. Nämlich als sie ihn in Rom mit dem Kopf nach unten kreuzigten. Es war sein eigener Wunsch. Ich habe von Simon nie viel gehalten, aber kurz vor seinem Tod hat er doch Mut bewiesen.

Die Römer also hatten uns Juden nie ernst genommen. Sie haben wahrscheinlich gespürt, dass Juden ein merkwürdiges Verhältnis zur Selbstbestimmung haben. Oder auch zur Gewalt, was die Sache noch eher trifft.

Ich gehörte ja zur Gruppe der Zeloten, die die Römer nicht mit Worten bekämpften, sondern mit Waffen, was Jesus und den anderen Jüngern nicht gefiel. Merkwürdigerweise wussten die Römer immer gut über uns Bescheid. Ich habe lange darüber gerätselt, wieso sie von unseren Aktionen wussten oder zumindest ahnten, dass meine Mitstreiter und ich einen neuen Überfall geplant haben. Es waren die Nadelstiche, die ihnen so zusetzten. Irgendwann dämmerte es mir, dass sie Spitzel aus unseren Reihen haben mussten. Sie hatten ein geschicktes Netz von Informanten gesponnen. Manche machten sich auf diese Art und Weise die Taschen mit Geld voll und ich bin sicher, dass die Zöllner irgendetwas damit zu tun haben mussten. Denen konnte man überhaupt nicht trauen. Sie waren in der Bevölkerung auch nicht beliebt. Aber es gab sie, auch wenn man nur ahnen konnte, wer es sein könnte.

Ich halte auch heute nichts davon, alles so laufen zu lassen, wenn ich mich auch aus der Politik hier in dem Land heraushalte. Ich schade nur mir selbst. Also schweige ich. Ich kann hier auch niemandem trauen. Das konnte ich zwar nie, aber hier ist besondere Vorsicht geboten. Ich denke mir meinen Teil. Und ich will auf keinen Fall in Verbindung gebracht werden mit den Vorfällen in der besagten Nacht in Jerusalem. Ich bin einfach immer nur missverstanden worden.

Eine Person habe ich bisher noch gar nicht erwähnt: Johannes den Täufer. Der war mit Jesus irgendwie verwandt, aber sie hatten sich erst als erwachsene Männer am Jordan kennengelernt. Von dem hatte ich mir auch mehr versprochen. Ich gebe zu, eine gewisse Sympathie für diesen wilden Kerl zu haben – bis heute übrigens. Aber er war auch nur ein Mann der Worte, nicht der Taten. Doch er konnte reden, nicht wie der Meister, so geistvoll war er nicht. Er war ein bodenständiger Kerl und genau genommen das genaue Gegenteil von Jesus von Nazareth. Jesus war zweifellos ein Genussmensch, während Johannes ein Asket war.

Der aß fast nichts außer Insekten und wildem Honig. Der hätte nie ein Glas Wein auch nur angerührt. Jesus schwelgte gerne, er ließ sich gerne einladen und oft genug lud er sich

einfach selber ein, zum Beispiel bei dem Zöllner Zachäus, der ein Halsabschneider war
und sich seine Taschen mit fremdem Geld
füllte. Johannes war für mich immer ein Beispiel für Urwüchsigkeit. Zwar hatte auch Jesus
den Menschen nicht nach dem Mund geredet
und ist oft genug angeeckt, und sie wollten
ihn sogar ein paar Mal steinigen. Johannes
aber war impulsiv, kein großer Denker, der
alles hin und her wog, bevor er seine Worte
herausblies wie die Luft aus den Posaunen in
Jerusalem an Festtagen.

Er hätte sich aber nicht mit Herodias, der
Frau des Herodes anlegen dürfen. Er hatte ihr
einmal vorgeworfen, im Ehebruch zu leben,
da sie doch mit Philippus, dem Bruder des
Herodes, verheiratet war. Er hatte Herodias
in aller Öffentlichkeit gedemütigt. Das sollte
er ihr büßen, und sie suchte lange nach einer
Gelegenheit, ihn aus dem Weg zu schaffen.

Und diese Gelegenheit kam schneller, als sie
selbst erwartet hatte. Herodes hatte Johannes
in den Kerker werfen lassen, traute sich aber
nicht, ihn töten zu lassen. Er fürchtete – und
zwar zu Recht – es werde ein Aufstand in der
Bevölkerung geben. Denn Johannes war be-

liebt, so wie Menschen immer beliebt sind, die Gefühle in Worte packen können. Das hat uns die Geschichte schon oft genug bewiesen.

Es war mal wieder ein Fest am Hofe des Herodes. Salomé, die Tochter der Herodias, tanzte vor Herodes so aufreizend, dass sie ihm alle Sinne trübte. Sie war zweifellos eine äußerst begehrenswerte junge Frau. Aber sie war durchtrieben und böse. Herodes beging nun den Fehler, Salomé alles zu geben, was sie wollte. Salomé hatte nichts Eiligeres zu tun, als dies mit ihrer Mutter und Vertrauten zu besprechen. Und die sagte zu ihr: Verlange den Kopf des Täufers.

Da Herodes Salomé unter Eid versprochen hatte, ihr alles zu geben, was sie wünschte, ließ er Johannes den Täufer noch in der gleichen Stunde enthaupten. Sein Kopf wurde ihm auf einer Schale gebracht. Eine traurige Geschichte und ein noch traurigeres Ende des Täufers, der – wie es erzählt wurde – sich ohne Gegenwehr enthaupten ließ. Wie so viele andere hätte auch er besser seine Zunge hüten sollen.

Jesus war da ganz anders: Er redete gerne in Rätseln, er nannte es Gleichnisse. Aber nicht jeder konnte ihm folgen, also musste er besonders seinen Gefährten immer wieder erklären, was er eigentlich hatte sagen wollen. Johannes hatte die Worte auf seine Gegner wie Felsbrocken geworfen. Und es war da auch wirklich nur eine Frage der Zeit, bis sein Leben ein jähes Ende fand.

Erwähnenswert ist im Übrigen, dass Johannes Jesus taufte und nicht umgekehrt. Die Taufe wurde später ein sichtbares Zeichen der Christen, es war ein Aufnahmeritus wie bei den Juden die Beschneidung. Nur floss dabei kein Blut und niemand schrie oder weinte. Es war ein harmloses Untertauchen im Wasser. Die Erklärung für diese Taufe kann ich – obwohl ich bis heute gerne Jude bin und keineswegs Christ werden wollte – nachempfinden. Was der Täufer sagte, war schlüssig. Es leuchtete mir ein. Da war denn auch wieder dieses Wort von Gott und seinem Heiligen Geist. Ich will es mit meinen eigenen Worten sagen: Mit der Taufe tauchten die Getauften ein in die göttliche Sphäre. Das hört sich nicht nur gut an, sondern lässt dem Getauften eine besondere Ehre zuteilwerden und eine Würde, die wir als Menschen unbedingt brauchen.

Würde. Das ist ein großes Wort. Wir brauchen Würde besonders in Zeiten, wenn das eigene Volk geknechtet wird. Würde haben wir als Juden auch erfahren, als unser Vater Moses uns aus dem Sklavenhaus Ägyptens befreite. Mit Gottes Hilfe und mit viel Zutrauen und mit einer Hoffnung auf eine Befreiung vom Joch der Sklaverei sind sie durch die Wüste gezogen. Moses hatte sie angeführt, hatte sie durch das Rote Meer geführt, als die Wellen und Wogen wie eine Mauer rechts und links standen und alle trockenen Fußes auf die andere Seite kamen. Die Ägypter hingegen sind alle jämmerlich ertrunken. Keiner hat überlebt, nicht ein Einziger. Was den Juden gewährt wurde, verwehrte Gott den Schindern aus Ägypten. Darauf sind wir Juden heute noch stolz.

Jahwe vernichtete durch seine Großtat das ganze Heer mit Streitwagen und Gefolge. Alle tot. Alle ertrunken. So war es Jahwes Wille, so war seine Tat. Man wird noch in Hunderten von Jahren davon sprechen. Das gefällt den Ägyptern bis heute nicht. Ich denke immer mit einem wohligen Gefühl an dieses Ereignis. Das hat unser Volk zusammengeschweißt, auch wenn es bei der vierzigjährigen Wanderung durch die Wüste Grund genug gab, an den eigenen Leuten zu zweifeln.

Doch man muss auch bedenken: Wir waren Fremde auch in der Wüste, so wie wir Fremde waren im Sklavenhaus Ägyptens. So wurden wir auch behandelt. Die Lehre, die ich daraus ziehe, ist die, dass es auf das jeweilige Volk und dessen Menschen ankommt, die als Fremde da sind. Wir müssen uns fragen: Was wollen diese Menschen und warum wollen sie es? Dass es da Ängste gibt, Vorurteile. Das ist verständlich. Es gibt schließlich nicht nur gute Menschen, sondern auch böse Menschen – im eigenen Volk und bei den Fremden. Aber wir müssen lernen zu unterscheiden. Nicht jeder Fremde ist gleich eine Bedrohung, man kann auch von ihm lernen. Man muss sich gegenseitig kennenlernen. Darauf kommt es an und auf nichts anderes.

Eine Ausnahme bleiben natürlich die Römer. Die sind erst gar nicht als Freunde gekommen, sondern in ihrer maßlosen Überheblichkeit sind sie gekommen, um Land zu gewinnen, unsere Felder zu plündern und die Menschen mit Steuern und Abgaben zu quälen. Und dann diese furchtbare Todesstrafe, die es noch heute bei ihnen gibt. Die Kreuzigung. Davon wird noch ausführlich die Rede sein.

Nachtgespräche

Tiefsinnige, geistliche Gespräche führten wir mit Jesus oft nachts nach seinem Abendgebet. Wir nannten sie Nachtgespräche und wir schätzten sie. Ich profitiere noch heute davon, denke auch manchmal mit Wehmut an die Zeit zurück, in der ich noch Hoffnung hegte und nicht so verbittert war. Manchmal waren auch Menschen dabei, die nicht zu unserem Gefährtenkreis gehörten, die aber Jesus mit ihren philosophischen Fragen aufsuchten. An einen Mann erinnere ich mich noch genau, weil er wirklich ein Suchender war. Seine Fragen waren durchdrungen von Wissensdurst und man merkte, dass er sich schon lange damit beschäftigte. Der Mann war der Pharisäer Nikodemus, der im Volk geschätzt und geehrt wurde. Er war rechtschaffen und weise.

Außer mir waren noch Jakobus und Johannes dabei. Wir waren Hörende in diesem Gespräch und waren in dem Moment hungrig nach den Antworten Jesu auf Nikodemus' Fragen.

Jemand wie du, Rabbi, kann nur die Zeichen tun, die du tust, wenn Gott mit ihm ist.

Er räumte damit ein, dass Jesus nicht in seinem eigenen Auftrag handelte, sondern er müsse von Gott durchdrungen sein. Es war das Authentische an Jesus, dass er schnell andere für sich einnehmen konnte; es war die Klarheit seiner Gedanken, die uns dazu brachten, lange über das Gesagte nachzudenken.

Jesus sagte, wenn jemand nicht von oben geboren wird, könne er das Reich Gottes nicht sehen. Das waren Jesus-typische Sätze, die in unsere Ohren drangen. Nikodemus hakte nach.

Wir sind doch schon geboren worden von unseren Müttern, sollen wir etwa wieder in deren Schoß zurück? Sollen wir dann wieder neu von unseren Müttern in die Welt gesetzt werden? Wie kann das geschehen, Rabbi?

Nikodemus schien Jesu Antwort nicht zu

verstehen und Jesus versuchte erneut aufzuklären.

Wenn jemand nicht aus dem Wasser und dem Geist geboren wird, kann er nicht in das Reich Gottes kommen.

Die Frage, die mir und den anderen auf der Zunge lag, wir aber nicht zu stellen wagten, war die: Müssen wir also alle erst vom Himmel fallen, damit wir in das Reich Gottes kommen können? Uns war später klar, was Jesus meinte. Es ging ihm immer um das Reich Gottes, das wir uns aber nicht vorstellen konnten. Erst später wurde auch mir bewusst, was er damit meinte. Das Reich Gottes war kein Ort, an den man hingehen oder zu dem man ein Tor öffnen kann, um hineinzuschreiten. Ich persönlich glaube, es war kein anderer Ort, sondern eine neue Einstellung zum Leben, zum Glauben und besonders ein neues Miteinander der Menschen nach Gottes Willen. Mir gefiel diese Deutung Jesu, denn sie bestärkte mich darin, dass zu einem Aufstand gegen die Römer mehr vonnöten ist als nur Waffen. Sie war die geistige und geistliche Grundlage, die wir brauchten, um unser Handeln auch vor Gott rechtfertigen zu können. Denn wir sollen nicht ohne Gott handeln, sondern ihn in unsere Lebenswelt miteinbeziehen. Wir sollen nicht gegen ihn handeln, sondern mit ihm. Das war für mich der Schlüssel für die Begründung eines gewaltsamen Aufstandes gegen die ungeliebte Besatzungsmacht der Römer.

Gott konnte es nicht hinnehmen, dass die Römer uns knechteten. Aber wir sollten selbst die Lösung für unser Problem finden. Keinem von uns war daran gelegen, alle Römer abzuschlachten. Das war lediglich eine Reaktion, wenn auch eine gewaltsame auf ihr eigenes Verhalten gemünzte.

Liebe Römer, seid doch so nett und kehrt wieder in euer Land zurück – das könnte nie funktionieren. Wir würden uns dann der Lächerlichkeit preisgeben. Aber was tun? Wir steckten in der Tat in einem Dilemma und in einer Zwickmühle, aus der heraus jemand uns führen, ja befreien musste. Wir mussten, bevor wir das Volk befreien konnten, uns selbst befreien lassen. Und in der Person Jesu von Nazareth sah ich von da an den Schlüssel, der alle unsere Probleme lösen könnte.

Doch Jesu Gedanken gingen viel tiefer als

meine eigenen. Das sehe ich heute ein. Und ich würde heute ganz anders handeln. Aber die Gefahr, in der Jesus steckte, konnte ich damals nicht voraussehen, vielleicht wollte ich es auch nicht. Aber mit der Todesstrafe gegen ihn habe ich erstens nicht gerechnet und zweitens hatte ich ihn auch nicht verraten, wie mir seither unterstellt wird. Was hätte ich auch verraten sollen, was nicht alle Welt weiß. Jesus predigte doch zu allen Leuten in aller Öffentlichkeit.

Aber die Frage des Nikodemus ging in die richtige Richtung. Was ich mit meinem militärischen Vorhaben im Sinn hatte, das verfolgte er für sein eigenes Seelenheil.

Jesus sagte: Wenn ich zu euch über irdische Dinge gesprochen habe und ihr nicht glaubt, wie werdet ihr glauben, wenn ich zu euch über himmlische Dinge spreche?!

Ich kann mir das nur so erklären: Wir verstehen vielleicht vieles nicht, was Jesus über das Überirdische, also den Himmel, gesagt hat. Das kann man sicherlich bis zu einem gewissen Grad entschuldigen. Aber er hat sich daran gestoßen, dass wir auch die irdischen Dinge, auf die er uns hingewiesen hat, nicht glauben wollten. Es waren die Zeichen und Wunder, die er bewirkte, und dass viele Menschen staunten und auch einige zum Glauben kamen, aber noch lange nicht alle. Menschen wollen für alles Beweise haben. Aber zum Glauben gehören weniger die Beweise als ein Vertrauen.

Von Simon hätte man erwarten können, dass er die Worte, die Jesus sagte, tief in sich aufgenommen hat und er ein gewandelter Mensch wäre. Vertrauen ist ein starkes Wort, das sich leicht sagen lässt. Aber sich entsprechend zu verhalten ...? Da muss es Menschen geben, die den Wankelmütigen und Zauderern als gutes Beispiel vorangehen. Ich muss Simon in dem Zusammenhang wieder erwähnen, weil er sich immer als Vollstrecker von Jesu Willen aufführte. Ich weiß nicht, woran Simon wirklich geglaubt hat – aber ein besonders Zutrauen hat er wohl nicht in Jesus gehabt.

Da waren wir einmal alle auf dem See, eigentlich nur so, um auszuruhen, es war schon später Nachmittag. Jesus schlief im Boot tief und fest; er war völlig erschöpft gewesen von den vielen Menschen und ihren Sorgen, die sie mitbrachten und deren Lösung sie von Jesus erwarteten. Und dann wurde der Wind plötzlich immer heftiger, der Himmel hatte sich verfinstert, wir mussten das Segel einholen, weil es sonst gerissen wäre. Und Jesus schlief immer noch wie ein kleines Kind. Der Sturm tobte, wir hatten alle Hände voll zu tun, das Wasser aus dem Boot zu schöpfen; es war eine sinnlose Arbeit, aber wir wollten etwas tun. Wir hatten Angst, alle hatten wir Angst. Denn von uns konnte keiner schwimmen, aber bei den Wellen und dem Sturm hätte auch das nichts genutzt. Simon schrie Jesus an, rüttelte und schüttelte ihn, und wir saßen wie verängstigte Hasen im Boot und kauerten uns aneinander.

Als sei alles vollkommen normal, stand Jesus dann auf, hob die Hand und gebot dem Wind und den Wellen ruhig zu werden. Und nach und nach verzogen sich die Wolken und nach zehn Minuten glitten wir wieder wie zuvor über das spiegelglatte Wasser. Und Jesus? Er sagte nichts.

Er fragte nur: Habt ihr so wenig Glauben, habt ihr so wenig Vertrauen? Ich war doch bei euch. Was hätte euch geschehen können?

Wir schauten alle unter uns, bis auf Simon.

Der hatte schnell die Fassung wiedergewonnen:

Ich habe euch doch gesagt, wenn der Meister bei uns ist, kann nichts passieren. So war Simon. Ein Vorbild hätte sich da ganz anders verhalten. Genau das war Simons Problem: Sein Reden und Handeln waren nicht immer identisch.

Jesu Lektion hatte ich verstanden. Vertrauen war das Zauberwort. Und Vertrauen hätte auch das Zauberwort sein können, dass wir mit gutem Gewissen uns gegen die Römer hätten wenden können. Die Menschen hätten uns vertrauen können, aber das können wir nicht verordnen, auch Jesus hätte uns vertrauen können, wenn er nicht nur an himmlische, sondern auch an irdische Dinge gedacht hätte. Aber ich will dem Mann nun wirklich nicht Unrecht tun. Schließlich habe ich es zu verantworten, dass er so viel leiden musste. Wenn ich das bloß rückgängig machen könnte!

Himmlisches und Irdisches müssen verbunden werden, wenn das Reich Gottes schon jetzt auf der Erde wachsen kann. Das ist ein größeres Arbeitsprogramm als bewaffneter Widerstand.

Ich verstehe Jesu Anliegen und ich glaube, auch Nikodemus hatte das damals verstanden.

Jesus sprach – auch bei dem Nachtgespräch mit Nikodemus – gerne von der Wahrheit, die zu tun ist. Ich habe darüber lange nachgedacht, was er mit Wahrheit eigentlich meint. Stutzig bin ich aber erst geworden, nachdem ich lange über diesen Satz gegrübelt habe. Irgendetwas hat mich immer an dem Satz gestört. Dann bin ich dahintergekommen. Er spricht von der Wahrheit, die zu *tun* ist. Das war der Knackpunkt. Wer *tut* denn Wahrheit und vor allem, wie soll das gehen? Ich kann etwas als wahr erachten, ich kann an eine Wahrheit glauben; aber selbst das ist schon schwierig.

Man muss noch tiefer sehen. Mit Wahrheit hat Jesus sich selbst und seine Bestimmung verstanden. Das war die Wahrheit. Er war die Wahrheit, die er verkündigte. Er war die Wahrheit an sich. Die Wahrheit also war Jesus von Nazareth. Er war sein eigenes Programm.

Und seine Legitimation? Er ist von oben gekommen, vom Himmel, von Gott. Er war der

Messias, der Gesalbte des Volkes Israel. Im Nachhinein ist das seinen Gefährten klar geworden, sonst wäre die Jesusbewegung, die bis heute anhält, gar nicht ins Rollen gebracht worden.

Ich glaube ihm tatsächlich. Das mag viele erstaunen. Aber das denke ich nicht nur heute, mehr als vierzig Jahre nach seinem Tod. Vielleicht denke ich das heute heftiger. Das schon.

Aber ich habe ihn auch für einen Befreier gehalten. Deswegen meine Hoffnung damals, ihn in unsere Reihen aufzunehmen, eben weil er Autorität besaß und die Leute ihm folgten. In seinen Worten zumindest. Mit dem Tun war das dann doch wieder eine andere Angelegenheit. Doch was soll ich mir heute noch den Kopf zerbrechen. Das ist Geschichte, Vergangenheit. Und in die Geschichte gehe ich vielleicht auch ein. Als Gottesverräter – wie manche mich nennen. Das schmerzt mich. Ich glaube, die Leute haben nie verstanden, was ich wirklich wollte. Ich war dem Mann von Nazareth in meinem Innern näher als dieser geschwätzige Petrus. Aber selbst das würde mir keiner abkaufen. Also schweige ich.

Gott und die anderen

Man kann den Mann aus Nazareth nicht verstehen, wenn man nicht sein zentrales Gebot kennt: das Doppelgebot der Gottes- und Nächstenliebe. Aber – und der Aspekt wird oft vergessen – es muss nämlich noch die Selbstliebe hinzukommen. Genau lautet der Satz, den man sich merken muss:

Du sollst den Herrn, deinen Gott, lieben mit ganzem Herzen und deiner ganzen Seele, mit deiner ganzen Kraft und deinem ganzen Denken und deinen Nächsten wie dich selbst.

Zur Richtigstellung muss ich natürlich anführen, dass dieses Gebot sich auf zwei Stellen in unserer Heiligen Schrift bezieht. Es ist also keine Erfindung des Mannes aus Nazareth. Aber die Christen reklamieren diese Stelle gerne für sich selbst, wogegen im Grunde nichts einzuwenden ist. Viel interessanter aber ist das Beispiel. Er redete immer von Gleichnissen, die er uns vor Augen führte. Mir gefällt die folgende wunderbare Geschichte bis heute; ich bin noch immer fasziniert von ihr.

Hintergrund ist, dass ein Gesetzeslehrer von

ihm wissen wollte, wer denn mein Nächster sei.

Da ging ein Mann von Jerusalem nach Jericho (jeder kennt ja den Weg immer den Berg runter durch verbranntes Land mit vielen Felsen und wenigen Menschen). Der wird von Räubern überfallen und halb totgeschlagen. Sie plünderten den Mann aus und verschwanden. Der Mann war derart schwer verletzt, dass er sich selbst nicht mehr helfen konnte. Da kommen dann nacheinander zuerst ein Priester und dann ein Levit des Weges, beachten den Verletzten nicht und setzen ihren Weg fort. Dann kommt ein Samariter – also ein Fremder –, hat Mitleid mit ihm, versorgt seine Wunden, hebt ihn auf seinen Esel und bringt ihn zu einer Herberge, die auf dem Weg liegt. Er bezahlt dem Wirt zwei Denar, bittet ihn, auf den Mann zu achten. Er selbst werde auf dem Rückweg wieder vorbeikommen und ihm weitere Unkosten erstatten. Der Verletzte wurde damit dem Samariter zum Nächsten. Er handelte also völlig uneigennützig, war nur um das Wohl des Geschundenen besorgt.

Wenn man weiß, dass die Juden mit Samaritern aus Glaubensgründen nichts zu tun haben wollten, war das schon ein bemerkenswerter Vorgang.

Auch für uns Juden gilt das Gesetz, Gott zu lieben und den Nächsten. Was nützen schöne Worte, wenn wir uns im Alltag doch anders verhalten? Für den Nächsten Sorge tragen, ist auch für mich wichtig, das heißt, dass ich ihn auch gegen die Willkür anderer beschützen muss. Und genau so habe ich mein Handeln verstanden.

Mit der Selbstliebe haben viele ein Problem; sie meinen ihr Licht immer unter den Scheffel stellen zu müssen. Das Gegenteil ist richtig. Man soll zeigen, was man kann und darauf auch stolz sein. Warum auch nicht. Mit fehlender Demut hat das nichts zu tun. Niemand soll sich kleinmachen lassen. Bei allem Respekt vor den Geboten. Man muss weder sich für einen anderen ausgeben noch sich ständig ducken. Geschichte schreibt nur, wer vorwärtsdrängt, sich behauptet, wer weiß, wie viel sein Leben ihm wert ist. Alles andere wäre auch Verrat am Leben. Davon halte ich nichts.

Als gläubiger Jude weiß ich, dass Gott immer

mich meint. Mich persönlich. Und keinen anderen. Wir brauchen natürlich Gemeinschaft, Geborgenheit im Zusammenleben, wir brauchen unsere Synagogen als Versammlungsorte und als Orte unseres Glaubensbekenntnisses. Aber wir sind als geliebte Kinder, wie Jesus immer sagte, doch ganz persönlich von Gott angesprochen und gemeint.

Jesus hat viele irritiert, als er Gott seinen Vater im Himmel bezeichnete. Entweder fanden es einige zu verwegen und anmaßend, andere hielten ihn für den Sohn Gottes. Das sorgte für reichliche Diskussion, wie man sich vorstellen kann, besonders bei den Schriftgelehrten. Von sich selbst sprach Jesus meist als vom Menschensohn. Dass er den Willen Gottes erfüllen müsse, war nachvollziehbar für uns alle. Aber diese Anrede »Vater« beim Gebet irritierte immer wieder. Durfte man so von Gott sprechen, dessen wirklichen Namen niemand kannte und ihn auch nie ausgesprochen hätte?

Gott – das war das Höchste, was man sich im Himmel und auf Erden vorstellen konnte. Gott war das Absolute, der Ewige, er hatte Himmel und Erde erst erschaffen. Das lernen wir von Kindheit an. Wir Juden bedecken unseren Kopf in der Synagoge. Wir haben Ehrfurcht, manchmal auch Angst vor ihm. Denn er ist gewaltig, mächtig, herrscht über alles. Aber selbst vorstellen kann man sich das nicht. Es ist einfach, nur zu glauben. Und das tue ich bis heute.

Aber Jesus lehrte uns ein Gebet, das wir vorher nicht kannten, in dem wir Menschen uns ganz in Gott ergeben. Vater unser – so beginnt es. Da ist tatsächlich wieder von Gott als dem Vater die Rede. Für die Schriftgelehrten war das Gotteslästerung. Und darauf steht die Todesstrafe.

Wenn wir Gott nicht mehr den Respekt zollen, der ihm zukommt, kann uns nichts mehr retten. Wir sind dann verloren für immer und ewig. So weit würde ich niemals gehen, eine solche Nähe herzustellen. Wenn Gott unsere Nähe suchen sollte, ist das etwas anderes.

Selbst Moses, für uns der Inbegriff unseres Retters, den Gott auserwählt hat, selbst er durfte sich auf dem Berg dem brennenden Dornbusch nicht nähern. Heiligen Boden wollte er betreten, was Gott ihm untersagte. Ich kann mir nicht einmal die Stimme Gottes vorstellen. Welches Angesicht er hat, niemand weiß es und wird es niemals wissen. Gott können wir nicht erkennen. Wir erkennen ja nicht einmal seine Propheten an, die Gottes Botschaft an uns weitergeben. Wir trauen doch niemandem mehr.

Doch für mich bleibt immer die Frage: Warum gibt sich unser Gott überhaupt mit uns ab? Womit haben wir das verdient? Er, der Allmächtige, blickt auf uns Jammergestalten und will unser Heil. Was für eine weitere Großtat nach dem Auszug aus Ägypten, dem Sklavenhaus. Ich kann immer nur mein bedecktes Haupt neigen, mich tief verbeugen und an meine Brust schlagen. Und alles, was in meinem Kopf sich an Gedanken dreht und bewegt, er kennt sie schon. Wer soll das begreifen können? Aber vielleicht sollen wir gar nicht begreifen.

Adam im Paradies wollte wie Gott begreifen, er wollte verstehen und zog sich aus dem Kreis der Demut gegenüber Gott zurück. Die erste Verführung und schon war es um ihn und Eva geschehen. Und was taten sie? Schoben der Schlange alles in die Schuhe. Sie konnten nicht einmal zu ihrem Fehlverhalten stehen.

Und sie glaubten vielleicht allen Ernstes, dass Gott das nicht merken würde. Wie einfältig kann man sein! Sie haben es sich verdorben. Raus aus dem Paradies! Und wir haben alle bis heute noch darunter zu leiden. Können wir nicht auf solche Vorfahren verzichten?

Alles müsste nochmal auf null gestellt werden. Und alles neu beginnen. Wie bei einem Spiel. Aber das Leben ist kein Würfelspiel. Jeder von uns muss sich selbst einbringen. Jeder hat irgendeine Aufgabe, wozu er eine besondere Befähigung hat. Bei manchen Menschen fällt mir allerdings schwer, dies zu glauben. Welche Befähigungen hatten denn Adam und Eva? Das Glück im Paradies hielt nicht lange. Doch was wäre gewesen, wenn Gott einfach die Augen zugemacht hätte, so als ob er das Fehlverhalten nicht bemerkt habe? Ich weiß, das ist eine Gott lästernde Frage. Aber wenn es ein erstes Mal gibt, dann auch ein zweites und drittes Mal. Adam und Eva wären immer wieder schwach geworden und hätten versucht auszutesten, wie weit sie gehen können. Und genau das war Gott klar. Er konnte sich einfach nicht auf sie verlassen. Obwohl sie im Paradies waren, war ihnen das noch nicht einmal gut genug. Sie wollten immer mehr, immer mehr. Unersättlich wie manche Männer beim Wein. Das wäre zu einer richtigen Sucht geworden. Gott musste einschreiten.

Und mit dem Hinauswurf aus dem Paradies war dann auch das Böse in der Welt. Und das ist bis heute noch so.

Für das Böse ist der Teufel zuständig. Aber ist er auch verantwortlich? Er ist zumindest mal der große Verführer und der Mensch fällt immer wieder auf ihn herein. So überträgt sich das Böse vom Teufel immer wieder erneut auf die Menschheit. Es gibt viele, ja ich würde sogar sagen, es sind alle Christen der Meinung, dass ich, Judas Iskariot, die Personifizierung des Bösen bin. Der Teufel ist sozusagen bei mir unter die Haut gekrochen. Und ich habe das Böse schon lange an meine Kinder weitergegeben, die wiederum ihren Kindern und so weiter und so weiter.

Ich verwahre mich allerdings davor, wirklich das Böse schlechthin zu verkörpern. Ich gebe zu, ich habe viele Fehler gemacht, aber waren meine Fehler denn wirklich schlimmer als die von Adam und Eva? Noch niemals hat jemand die beiden als die Verkörperung des Bösen bezeichnet. Dabei sind die beiden doch schuld daran, dass das Paradies für uns in weite Ferne gerückt ist.

Nun gut, aber ich schweife ab. Wir waren bei dem Rabbi von Nazareth stehen geblieben. Als Rabbi hat er sich selbst ja nie verstanden. Ich bin mir nicht einmal sicher, ob er sich als Lehrer verstanden hat.

Eigentlich war er – im Nachhinein betrachtet – ein großer Erzähler. Ein Erzähler, an dessen Lippen das einfache Volk klebte. Ich rede nicht verächtlich von ihm und schon gar nicht will ich ihn lächerlich machen. Ich mit Sicherheit nicht. Ich habe ihn immer gemocht, auch wenn er in einer völlig anderen Welt lebte als ich.

Aber dieses Entrücktsein aus der Welt einerseits und sein Wissen um die Welt und die Sorgen des Alltags der Menschen an unserem See andererseits ließen ihn in den Augen der meisten, die ihn kennenlernten, als einen ganz besonderen Menschen erscheinen. Für sie hatte er etwas Erhöhtes. Doch niemals stellte er sich über die Menschen. Daher war er aus meiner Sicht – wie gesagt – auch kein Lehrer. Er hat die Nöte der Menschen verstanden. Er fühlte sogar die Nöte der Menschen am eigenen Körper.

Wie oft weinte er still, wenn ihn niemand sah. Und da ich ihm oft gefolgt bin, wenn er sich nachts zurückzog, kann ich das beurteilen. Manchmal wäre ich am liebsten zu ihm gegangen, hätte die Arme um seine Schulter gelegt und ihn trösten wollen. Vielleicht hätte ich das wirklich tun sollen. Ich glaube, es war die Faszination, die er auf mich ausübte, weil ich ihn in seiner ganzen Ungeschütztheit sah, in seiner Nacktheit vor Gott. Vor ihm schämte er sich nie. Ich habe mir im Übrigen, seit ich in meiner neuen Heimat bin, angewöhnt, in schweren Stunden auch die Einsamkeit der hier angrenzenden Wüste aufzusuchen. Ich habe allerdings noch nie geweint – das liegt mir fern.

Aber ich habe mich so oft schon elend und verlassen gefühlt. Und vor allem einsam. Meine Einsamkeit ist das schwerste Los, das ich heute zu tragen habe. Ich kann mich niemandem anvertrauen. Ich kann mich niemandem öffnen. Es könnte für mich tödlich ausgehen. Und diese Einsamkeit, diese Leere, diese Verlassenheit von den übrigen

Menschen zwingt mich oft in die Knie, lässt mich demütig werden. Vielleicht so demütig wie den Mann von Nazareth. In seiner Vaterstadt hat er bis heute den Ruf als Spinner. Seine eigene Familie hatte sich damals gegen ihn gestellt. Ja, manchmal spüre ich in meiner Einsamkeit die Einsamkeit des Jesus von Nazareth. Uns hat er sich ja auch nicht anvertraut. Mit seinem Vater im Himmel hat er nächtelang gesprochen. Aber ich habe ihn beim Lauschen nur selbst reden hören. Nie hörte ich jemand anderes reden. Aber vielleicht hat Gott in sein Herz gesprochen, so dass nur er hören konnte, was sein Vater, wie er ihn immer wieder nannte, zu ihm sprach.

Ehrlich gesagt: Ich weiß es einfach nicht. Dieser Mann war wahrscheinlich alles Mögliche, aber kein politischer Verbrecher und er war auch kein Gotteslästerer. Das wurde ihm immer nur angedichtet. Er hatte für mich etwas politisch Unentschlossenes an sich, aber deshalb verachtete ich ihn nicht. Im Gegenteil. Gut, ich war enttäuscht von ihm, deshalb kam es dann auch zu einem innerlichen Bruch zwischen uns beiden. Ich weiß nicht, wie ich es besser erzählen soll.

Scheitern

Aber seien wir ehrlich! Der Mann aus Nazareth ist objektiv gesehen gescheitert. Und damit habe ich wirklich nichts zu tun. Angenommen, es hätte meine Person nicht gegeben; wie wäre es mit ihm weitergegangen? Irgendwann hätten die Frommen ihr Ziel, ihn zu beseitigen, erreicht. Dazu brauchten sie mich überhaupt nicht. Den Schriftgelehrten, deren Gewicht nicht zu unterschätzen ist, war er schon lange ein Dorn im Auge. Doch es ist schwierig, ihm etwas nachzuweisen. Er hat das jüdische Volk nicht aufgewiegelt. Der Nazarener hat nichts anderes getan, als immer nur von Gott zu erzählen. Er wollte die Menschen davon überzeugen – und zwar durch einen unerschütterlichen Glauben –, dass Gottes Reich schon auf Erden anbrechen kann, wenn Menschen umkehren, ihr Leben ändern. Wir alle wissen, wir können die Menschen nicht ändern, keinen einzigen, wir können sie höchstens dazu bringen, dass sie neue Wege, neue Glaubenswege einschlagen und Gott als den anerkennen, der er in Wirklichkeit ist, der Ewige, der Barmherzige, der sein auserwähltes Volk nicht aus den Augen verlieren will.

Das habe ich auch verstanden. In dieser Hinsicht habe ich ihn nie missverstanden. Doch wenn er sich wirklich als den Heilsbringer verstanden hat, der die Menschen erweicht, Gott als den Vater von allem anzuerkennen, dann hätte er auch Gott als den zu verkünden, der er auch war: nämlich der sein Volk aus der Knechtschaft der Ägypter befreit hat, der Israel als sein eigenes von ihm auserwähltes Volk betrachtet. Und das ist das, was ich immer wieder versucht habe, ihm deutlich zu machen. Dass wir handeln müssen, Gewalt anwenden, wie es Gott ja auch tat, als er sein Volk durch das Rote Meer geführt hat, die Römer aber darin hat ersaufen lassen. Diesen Aspekt kann man doch nicht unterschlagen.

Es gab zweifellos Anlässe, bei denen ich glaubte: Nun hat er es verstanden. Man muss auch mal zuschlagen können und handeln. Als er die Händler und Geldwechsler aus dem Tempel getrieben hat, ihre Tische umgestoßen und gebrüllt hat.

Macht das Haus meines Vaters nicht zu einer Markthalle!

Da war wirkliche Wut in ihm. Und es freute mich, dass er auch anders sein konnte.

Ich erinnere mich immer wieder an seine Worte, als er davon sprach, dass eine Zeit kommen werde, da kein Stein auf dem anderen bleiben würde. Er sprach dann von einer Endzeit. Da sprach er zum Beispiel diese wunderbaren Worte:

Gebt Acht, dass euch niemand irreführt! Viele werden in meinem Namen auftreten und sagen: Ich bin es. Und sie werden viele in die Irre führen. Wenn ihr von Kriegen hört und von Kriegsgerüchten, lasst euch nicht erschrecken. Das muss geschehen. Es ist aber noch nicht das Ende. Denn Volk wird sich gegen Volk erheben. Man wird euch um meinetwillen an die Gerichte ausliefern, in den Synagogen misshandeln und vor Statthalter und Könige stellen.

Für mich waren diese Worte Balsam für meine Seele. Acht zu geben, die Zeichen der Zeit zu beachten und sich bereit zu machen für das Ende der irdischen Mächte, die das Volk unterdrücken, nicht nur politisch, sondern auch in ihrem Glauben. So habe ich das immer verstanden. Da dachte ich mir: Jetzt hat er es begriffen, jetzt kommt er auf den Punkt, an dem wir losschlagen müssen, um uns selbst zu helfen und Gottes Willen zu erfüllen: die Rettung Israels.

Meine Gefolgsleute haben mich oft gewarnt. Er soll etwas ganz anderes gemeint haben. Dass er vom Ende der Zeiten hier auf Erden spreche. Dass er von der Gefährdung des Glaubens rede. Sie sagten mir immer wieder: Du hast dich in diesem Mann von Nazareth geirrt. Sieh das endlich ein! Vielleicht habe ich Jesus falsch verstanden. Jetzt nach so vielen Jahrzehnten räume ich ein, ich habe bei meinem ganzen Eifer sein Anliegen mit meinem verwechselt.

Doch man bedenke: Die anderen Gefährten haben Jesus auch nicht immer verstanden. Und ob ihr Glauben an ihn als den Messias tatsächlich so fest war, wie sie immer wieder betonten? Sie waren fast alle Zweifler und Zauderer. Wenn es gut ging mit Jesus, wenn sie die Menge der Menschen sahen, die ihnen und dem Meister manchmal tagelang folgten, so dass sie nicht wussten, wie sie die ganzen Leute satt bekommen, da spürten sie auch eine Kraft in ihnen selbst. Dann waren sie von der Mission, der sie sich unterstellt hatten, überzeugt.

Heute weiß ich, er sprach meist vom Glaubensleben, von der Echtheit der Lebensweise, von der Inbrünstigkeit des Betens. An einen Umsturz hat er weder geglaubt noch ihn forciert. Ich war damals jung, ein Hitzkopf – zugegeben – doch das waren andere auch. In mir fließt das Blut meines Vaters, der keiner Auseinandersetzung aus dem Weg ging. Und ich habe das verstanden als eine Rechtfertigung meines Willens zum wirklichen Umsturz.

Manche seiner Worte kann ich noch heute zitieren, weil er uns als seine Gefährten mit einer – wie er es nannte – Vollmacht ausgestattet hatte. Das sagte er:

Wer euch aufnimmt, der nimmt mich auf, und wer mich aufnimmt, nimmt den auf, der mich gesandt hat. Wer einen Propheten aufnimmt, weil er ein Prophet ist, wird den Lohn eines Propheten erhalten. Wer einen Gerechten aufnimmt, weil er ein Gerechter ist, wird den Lohn eines Gerechten erhalten.

Ich habe mich immer als einen solchen Gerechten verstanden. Mir ging es immer um das Wohl meines Volkes Israel. Ein Gerechter nämlich ist ein Mann, der sich als ein Gerechter erweist. Und erweisen kann sich jemand nur als Gerechter, wenn er – um in der Sprache Jesu zu bleiben – sich für die Gerechtigkeit einsetzt, sie verteidigt oder im Falle Israels für die Gerechtigkeit kämpft. Es muss das höchste Ziel sein, diese Gerechtigkeit zu erzwingen. Denn letztendlich ist es eine Gerechtigkeit, die von Gott kommt. Dieser Gerechtigkeit sind wir verpflichtet. So jedenfalls habe ich das bis heute vertreten. Kampf muss nun mal sein, es gibt sicherlich eine Zeit für große Worte, aber es gibt auch eine Zeit der Umsetzung der Worte in die Tat. Und genau das und nichts anderes war mein Anliegen. Und ich verteidige dieses Ansinnen bis auf den heutigen Tag. Was daran aber soll falsch sein?

Wie klar erinnere ich mich noch an diese wundervollen Worte des Meisters, als er sagte:

Es muss zwar Ärgernisse geben; doch wehe dem Menschen, durch den das Ärgernis kommt.

War das nicht eine klare Warnung an die

Verführer? War das nicht eine Warnung auch an die Mitläufer, von denen es genug gegeben hat? Wenn ich auch nur ein bisschen Galle unter das Essen mische, ist doch das ganze Essen verdorben. Wenn ich Wasser in den Wein schütte, wird er dünn und man schmeckt mehr Wasser als Wein. Arme Hochzeitsgesellschaft, der so etwas widerfährt.

Ich habe es selbst erlebt. Wir waren auf einer Hochzeit in Kana. Ein sonnendurchfluteter Tag. Doch irgendwann ging der Wein zur Neige. Wahrscheinlich hatte jemand nicht darauf geachtet in Anbetracht der vielen Gäste, genügend Wein bereitzustellen. Jesu Mutter Maria sagte es ihm, er solle etwas tun.

Da erlebte ich ihn zum ersten Mal sehr schroff. Er stellte seine Mutter vor allen Leuten bloß, als er sagte: Was willst du von mir, Frau?

So energisch hatte ich ihn bislang noch nicht erlebt. Maria ließ sich nichts anmerken und sagte zu den Dienern, sie sollten das tun, was Jesus ihnen sage. Sechshundert Liter Krüge sollten sie mit Wasser füllen und es dann den Gästen vorsetzen. Das Wasser aber war zu Wein geworden. Wie das geschehen konnte, weiß ich bis heute nicht. Es gibt viele Spekulationen darüber, an denen ich mich aber nicht beteiligt habe. Ich habe bis heute auch nicht viel dazu zu sagen. Es war schon ungewöhnlich. Aber vielleicht haben sie einfach nur volle Weinkrüge übersehen. Andere hatten das so interpretiert, als habe Jesus ein Wunder bewirkt. Aber ich habe noch den Satz von Jesus in Erinnerung, der dazu sagte:

Jeder setzt zuerst den guten Wein vor und erst, wenn die Gäste zu viel getrunken haben, den weniger guten. Vielleicht war es einfach so. Aber ich räume durchaus ein, dass manchmal seltsame Dinge geschahen, wenn Jesus da war und helfen wollte.

Zu Gast in den Häusern Israels

Jesu Ruf eilte ihm immer schon weit voraus. Wir waren Gast bei vielen Menschen, die ihn gerne bei sich haben wollten. Jesus lehnte nie eine Einladung ab. So folgte er auch der Einladung von Martha, die mit ihrer Schwester Maria zusammenlebte. Es waren zwei ungleiche Schwestern mit durchaus starken

Charakteren. Ich bin bis heute erstaunt, wie unterschiedlich Frauen doch sein können. Wie stark sie sind, wie durchsetzungsfähig und auch wie furchtlos. Darauf komme ich aber noch zu sprechen.

Jesus ging also zu Maria und Martha. Es war für sie natürlich eine große Ehre, dass ausgerechnet er die Einladung nicht abgelehnt hatte. Martha war eine tüchtige Frau, die immer irgendwas zu tun hatte, die geschäftig war, umtriebig und die sah, was an praktischen Dingen im Leben fehlte. Ein Blick genügte und sie wusste, was zu tun war. Nicht anders verhielt sie sich, als Jesus das Haus betrat. Für sie war klar, es musste etwas Gutes zu essen geben. Der Tisch musste gerichtet werden, gekocht werden musste. Der Gast war König. Erst recht Jesus. Sie hatte ihn zwar bislang noch nicht kennengelernt, aber viel von ihm gehört.

Wie schon mal erwähnt, hatten besonders die Frauen schnell ein inniges Verhältnis zu Jesus. Vielleicht weil er immer auch ein bisschen war wie sie selbst. Etwas Weibliches hatte Jesus an sich: seine Besorgtheit, sein Kümmern, seine Vorliebe für das Schöne, das er immer sofort sah. Wie er überhaupt die Welt oft von der hellen Seite her betrachtete. In ihm war zweifellos nichts Kriegerisches oder Aggressives. So gesehen, unterschied er sich schon von uns Männern. Wer von uns hätte denn eine Frau bedient oder sie hofiert, wie er es ständig tat? Es gibt Dinge im Leben, die sind so, wie sie sind. Zum Beispiel die Tradition. Unsere Erinnerung an den Auszug aus dem Sklavenhaus Ägyptens. An den Versöhnungstag. An all die Qualen, die unser Volk durchleben musste, die Verteidigung unserer Heimat, der Hass und die Vorurteile anderer. Unsere Religion, die einmalig ist. Wir brauchen keinen von Göttern überfüllten Himmel; Götter, die keine sind, sondern nur unbewegliche Standbilder. Wir aber, wir haben die in Stein gemeißelten Worte, auf die der Herr uns verpflichtet. Bis auf den heutigen Tag. Ja bis auf den Tag, wenn der Messias endlich kommt. Der uns die wirkliche Freiheit nicht nur verheißt, sondern sie erfüllt und einlöst.

Das ist, wie ich fest überzeugt bin, viel – sehr viel. Es ist die Krönung unseres Glaubens an den Gott Abrahams, Isaaks und Jakobs.

Martha also war ziemlich empört darüber,

dass es sich ihre Schwester Maria mal wieder bequem gemacht hat. Sie saß nämlich zu Füßen des Nazareners. Man konnte fast glauben, sie bete ihn an. Sie war entrückt, in Trance, als befände sie sich in einem anderen Land. Vielleicht war es für sie sogar das gelobte Land. Martha war klar, dass sie ihre Schwester niemals dazu würde bewegen können, sich vom Meister abzuwenden und ihr bei der Zubereitung des Essens zu helfen. Sie würde es nicht einmal hören. Nicht wahrnehmen. So weit schien sie entrückt von den banalen Pflichten einer Frau, wenn Besuch da ist. Man kann nicht sagen, dass sie sich zu schade fand für diese niedrigen Arbeiten. Denn wer kehrt schon gerne das Haus aus, geht bei der Hitze die weite Strecke bis zum Brunnen, um frisches Wasser zu schöpfen!?

Also bat Martha Jesus darum, ihrer Schwester Beine zu machen, damit sie mit anpacke. Doch Jesus war ganz auf der Seite von Maria. Das sagte er ihr auch. Er wüsste, dass Martha sich viele Arbeit mache und er wisse das auch zu schätzen. Und dann kam für Martha der Satz, den sie eigentlich nie verstanden hatte. Den Satz konnte sie auch nicht verstehen.

Eine Frau, die sich so verhält, wie es die Tradition von ihr erwartet.

Martha, du machst dir viele Sorgen, sagte Jesus. Aber deine Schwester Maria hat das Bessere gewählt.

War das nicht beleidigend? Ich will nun nicht so weit gehen und das Verhalten einer Frau rechtfertigen, gar entschuldigen. Aber da hätte ich mir von Jesus doch mehr Sensibilität erhofft. Was um alles in der Welt hat Jesus damit sagen wollen? Dass lediglich Maria sich korrekt ihm gegenüber als Gast verhalten habe? Was hatte sie denn schon getan? Genau genommen nichts. Hatte zu seinen Füßen gesessen und ihn angehimmelt. Das hätte sie nicht einmal tun dürfen, wenn es sich um ihren Bräutigam gehandelt hätte. Da wäre mehr Demut angebracht gewesen und vor allem Achtung gegenüber einem Mann.

Wir haben im Kreis der Freunde darüber gesprochen. Jesus hatte sie natürlich durch seine eigene Art von Zuneigung dazu gebracht, sie so zu demütigen. Es musste für Maria eine Herausforderung gewesen sein, dem Bild, das der Meister anscheinend von ihr hatte, auch zu entsprechen.

Was für ein Irrsinn! Wir können nicht einfach die Welt auf den Kopf stellen. Das war einfach nicht richtig.

Bis heute bin ich noch empört darüber, dass sich Jesus bei dem Halsabschneider Zachäus selbst zum Essen eingeladen hatte. Er hat sich tatsächlich bei diesem korrupten Zöllner und Römerfreund Zachäus in dessen Haus eingeschlichen. Warum bloß? Ich habe in meinem Leben Menschen wie Zachäus zuhauf kennengelernt. Aber ich hätte mich doch nicht um alles in der Welt mit ihm persönlich sozusagen auf Du und Du eingelassen. Es gibt etwas, das man in jedem Falle genau beachten muss. Man kann nicht mit jedem Menschen, schon gar nicht mit so einem, freundschaftlich verkehren. Es muss eine Distanz geben. Das hat Jesus meiner Meinung nach nie verstanden. Die Welt besteht nicht nur aus Freunden und gutwilligen Menschen. Zunächst heißt es: Vorsicht. Wer ist der andere? Darf ich da eine Nähe zulassen? Muss ich auf alles gefasst sein? Ist nicht ein distanziertes Verhältnis – wenn überhaupt – oberstes Gebot.

In unseren Reihen als wirkliche Kämpfer für ein Römer-freies Land konnten wir auch nicht jeden Wirrkopf gebrauchen. Wir brauchten Menschen, die im Gegenteil immer einen kühlen Kopf bewahren. Die sehr wohl zu unterscheiden wussten zwischen gut und böse. Und vor allem: Wir mussten jeden Angriff aus dem Hinterhalt generalstabsmäßig planen. Das war unsere Stärke. Ein gesundes Misstrauen ist meiner Meinung nach bis heute angebracht, wenn man Menschen für seine eigene Sache gewinnen will. Misstrauen, Misstrauen und nochmals Misstrauen. Man muss die neuen sogenannten Freunde sorgfältig prüfen. Das Schlimmste, was es gibt, ist der Verrat aus den eigenen Reihen. So etwas kann man sich einfach nicht leisten. Wir sind eine gut überschaubare Truppe gewesen. Zielgenau und messerscharf mussten die Attacken gegen die Römer ausgeführt werden. Der Überraschungseffekt war unser größter Trumpf. Doch auch der musste geübt werden. Ganz bewusst haben wir immer einige von den Römern am Leben gelassen, damit sie wissen, was das wirkliche jüdische Volk ihnen im Ernstfall antun kann. Sie sollten wissen, dass nicht alle sich ducken und klein beigeben. Dass es vielmehr Männer im Volk gibt, die zu kämpfen verstehen – wenn auch mit anderen Methoden als die Römer. Wir sind ja auch anders als diese gottverdammten Römer. Angst ist ein schlechter Ratgeber. Keiner von uns hatte je Angst gehabt und vor allem: Wir wussten auch zu sterben. Nämlich für die gute Sache, die nun mal ohne Gewalt nicht zu haben ist.

Richtige Männer haben keine Angst, die lassen sich nicht von fremden Frauen verzücken, die kehren auch nicht freiwillig bei einem wie Zachäus ein.

Doch höre weiter, mein Sohn, höre, Bileam, und öffne dein Herz, damit die Worte dort Wohnung bei dir nehmen können. Denn du sollst erfahren, was außer dir noch nie jemand erfahren hat.

Es gab noch eine denkwürdige Begegnung im Hause des Pharisäers Simon mit einer stadtbekannten Sünderin. Wir wollten gerade zu Tisch, als die Frau, die jeder in der Runde kannte, Jesus zu Füßen fiel. Sie weinte unaufhörlich und trocknete ihre Tränen von den Füßen des Meisters mit ihrem langen Haar. Damit nicht genug, begann sie dann mit teurem Öl ihm die Füße einzubalsamieren. Die Frau war außer sich, schluchzte, weinte; ich wusste gar nicht, dass in den Augen so viel Wasser sein konnte. Wir waren alle empört, mehr noch darüber, dass der Nazarener sich das auch noch gefallen ließ. Aber das Schlimmste kam noch: Jesus schien unser aller Gedanken lesen zu können. Er hob die Frau vom Boden auf, strich sanft durch ihr Haar. Dann schaute er uns an mit seinem durchdringenden Blick. Ich ahnte schon, dass er jetzt etwas Außergewöhnliches sagen oder tun würde. Und so kam es dann auch.

Ihr haltet die Frau für eine Sünderin. Und in euren Augen schickt sich ihr Verhalten nicht. Ich aber sage euch: Ihr sind die vielen Sünden vergeben, weil sie viel geliebt hat. Wer aber nur wenig liebt, dem wird auch nur wenig vergeben.

Das saß. Ich musste schlucken. War sprachlos. Er redete sich um Kopf und Kragen. Ich glaube, er hatte sich nicht mehr im Griff oder die Frau hat selbst ihm den Kopf verdreht. Ich schenkte mir noch Wein in den Becher und trank ihn in einem Zuge leer. Die Frau stand noch immer da. Was war das peinlich für uns! Und den Gastgeber hatte Jesus gleich auch noch brüskiert. Er ging diesmal zu weit, bin ich noch heute der Meinung. Er vergab ihr ihre Sünden! Das stand keinem Lebenden zu, sondern nur Gott. Hielt er sich also doch für den Sohn Gottes, schwirrte es mir durch den Kopf. Er hatte ja öfter darauf hingewiesen, dass er eine ganz besondere Bestimmung habe. Ich war immer hin, und hergerissen von ihm. Mal fand ich ihn einfach ein wenig irre, mal hätte auch ich mich zu seinen Füßen werfen können, was ich aber nie tat.

Ich bin ein emotionsloser Mensch. Ich versuche alles so zu sehen und zu bewerten, wie es der Sachlage entspricht oder entsprechen sollte. Gefühle haben da nichts zu suchen.

Ein Beispiel für einen emotionsgeladenen und damit unberechenbaren Menschen ist Simon, der Fischer vom Galiläischen Meer. Simon war ein Mann, der ständig Strohfeuer entfachte. Er konnte sich so für eine Sache begeistern, dass man selbst überrascht war, wie klar und deutlich er sich zum Beispiel für die Verkündigung des Reiches Gottes stark machte. Er hat das wirklich in dem Moment, in dem er das sagte, genau so gemeint. Er hat nicht gelogen, auch wenn er ziemlich schnell wieder den Rückzug antrat, wenn es gefährlich wurde. Und dann seine Begeisterung für den Nazarener. Die war echt, die war erschreckend echt, aber auch auf gewisse Art und Weise kindisch.

Ich werde immer zu dir stehen, Meister. Den Satz höre ich selbst in meinen Träumen immer wieder. Kaum hat ihn irgendeine Magd am Feuer in der Nacht der Nächte an seinem Akzent erkannt und ihn als Freund von Jesus entlarvt, knickt er ein.

Mit diesem Menschen habe ich nun wirklich nichts zu schaffen. Wer damals dabei war, hat seine Worte sicherlich noch im Ohr. Das ist Feigheit, das ist kein erwachsenes Verhalten. Daran ändert auch nichts, dass er sich später bittere Vorwürfe machte. Simon wollte das radikal Neue, das der Meister auch immer wieder verkündete und gleichzeitig wollte er persönlich dafür nicht haftbar gemacht werden. Wasch mich, aber mach mich nicht nass. So war Simon. Großspurigkeit und Geschwätzigkeit waren seine hervorstechenden Charakterzüge. Ich frage mich, ob der Nazarener das nicht gemerkt hat. Simon war doch nun wirklich keine tragende Säule in der Jesusbewegung.

Und dennoch hat Jesus auf ihn gesetzt. Warum bloß?

Simon war nun in der Tat nicht der Mensch, den man als gebildet bezeichnen konnte. Ich weiß nicht einmal, ob er lesen und schreiben konnte. Mag sein. Mir ist aber nie aufgefallen, dass er irgendetwas Tiefsinniges tatsächlich so gesagt hat, dass er es auch zwei Tage später noch genau so meinte. Dass er nach dem Tode des Meisters ein führender Kopf im Freundeskreis Jesu gewesen sein soll, habe ich viele Jahre später eher zufällig erfahren. Andererseits wurde und wird auch viel erzählt und erdichtet, so dass ich ehrlich gesagt nicht mehr unterscheiden kann, was Wahrheit und was Lüge ist. Eines wurde mir aber von unterschiedlichen Händlern mit immer anderen Worten und Geschichten erzählt, dass Simon gemeinsam mit einem gewissen Paulus von Tarsus die Jesusbewegung angeführt habe. Es soll auch zum Streit zwischen den beiden gekommen sein. Petrus vertrat die Ansicht, dass Jesu mündliches Vermächtnis und die damit einhergehenden Zeichen und Rituale nur im jüdischen Volk verbreitet werden dürfen, während Paulus' Ansinnen Erfolg hatte, dass man zu den sogenannten Christen gehören darf, auch wenn man nicht vorher ein Mensch jüdischen Glaubens war.

Paulus hat wohl gewonnen. Denn Jesu geistliches Vermächtnis hat die Grenzen der meisten Länder, die ich am Mittelmeer kenne, längst überschritten. Selbst in dem gottverlassenen Winkel, in den ich mich zurückgezogen habe, gibt es diese Christen. Ich halte mich fern, werde mich hüten, einem zu nahe zu kommen. Über meine Lippen kommt kein Sterbenswörtchen, was meine Rolle in der Sache mit Jesus von Nazareth betrifft.

Ich habe von den damaligen Weggefährten niemals mehr einen wiedergesehen und nur über ganz wenige habe ich über Dritte etwas erfahren. Die meisten von ihnen sind bereits tot, die nächste Generation ist nachgerückt.

Ihm nachfolgen

Es gibt Worte von Jesus, die mich noch heute anrühren. Alle, die wir mit ihm durch das Land zogen, waren im Grunde Mitgehende. Wir gingen mit ihm, schauten auf ihn, hörten auf seine Worte und sahen seine Taten. Und eines ist auch mir klar: Dieser Mann hatte etwas zu sagen. Etwas Gewichtiges, etwas Wichtiges, dass uns alle anging, weil wir alle einen Sinn in unserem Leben finden wollten. Außer mir, der ich aus Judäa stamme, waren die übrigen elf aus dem lieblichen Galiläa. Einfache Leute waren wir. Mussten hart kämpfen, um unsere Familien durchzubringen. Und dann kam er eines Tages und erzählte uns von einem ganz anderen Leben. Manchen gingen die Augen auf, wie beschwerlich und trostlos das Leben doch war. Wären da nicht die festlichen Anlässe gewesen: wenn jemand geheiratet hat oder ein Kind geboren wurde – wie erbärmlich lebten wir doch in Wirklichkeit. Jeden Tag der gleiche Rhythmus, Jahr für Jahr, immer am Rande des Existenzminimus. Mal ehrlich: Was hatten wir alle denn zu verlieren.

Der Mann aus Nazareth war der Leuchtpunkt am Firmament, denn er versprach uns den wahren Himmel. Voraussetzung dafür war: ihm nachzufolgen. Und das hieß eben, alles stehen und liegen lassen. Gut, wir legten keine wirklich langen Wege zurück.

Unser Land ist klein und relativ überschaubar, so dass manche von den Fischern zwischendurch zuhause nach dem Rechten sehen konnten.

Aber das mit dem Nachfolgen hat der Meister ganz anders gemeint. Örtlich gesehen, haben wir unsere Heimat nie wirklich verlassen. Wir waren nicht mehr an einem ganz bestimmten Dorf, sondern zogen umher. Und zwar durch unsere Heimat. Solange wir noch unsere eigene Sprache sprechen konnten, waren wir ja nie in der Fremde. Ich bin heute in der Fremde, seit Jahrzehnten bin ich heimatlos. Ich bin kein Herdenmensch, war nie einer und werde es auch nie sein. Ich bin Einzelgänger. Ich brauche nicht ständig andere um mich herum, damit ich das Gefühl habe, nicht alleine zu sein. Alleine sein hat seine Vorteile. Ich muss dann niemandem Rechenschaft über mich abgeben.

Wenn ich aber tiefer nachdenke, dann muss ich doch gestehen, dass ich dem Meister nachgefolgt bin. Ich bin ihm nachgefolgt – wenn auch zwangsweise – in ein neues Gefühl des Daseins in der Welt. Das hört sich zwar hochtrabend an, ist es aber nicht. Ich weiß auch nicht, wie ich es besser ausdrücken soll. Also meine Nachfolge bestand darin, meinem Lebensentwurf treu zu bleiben. Das war der Meister auch. Er war so treu zu seinem Lebensentwurf, dass er bis zum Kreuz ging, das die Römer schon für ihn bereithielten. Das ist eine große Nachfolge, weil sie in der Konsequenz Charakterstärke braucht. Ich mag für die meisten Menschen, vor allem für die Christen, ein mieser Hund gewesen sein. Mag sein. Und in gewisser Hinsicht stimmt es ja auch. Ich will es so erklären: Der Meister hat mich enttäuscht und ich habe ihn enttäuscht. Jeder von uns musste nun mal seinen eigenen Weg gehen, wenn er glaubhaft sein wollte – vor sich und vor den anderen Menschen.

Ich bin mir nicht sicher, ob mich der Meister im Nachhinein wirklich verteufelt und verflucht. Das glaube ich irgendwie nicht wirklich.

Geradlinigkeit ist ein Charakterzug, der uns beide prägt. Der Meister und ich sind uns eigentlich ähnlicher, als man gemeinhin für möglich hält. Andere würden mich jetzt steinigen oder kreuzigen, wenn sie erführen, welche Gedanken mich umtreiben. Aber wo ich bin, ist es sicher und das schon seit vielen Jahrzehnten.

Dennoch: Es gibt einen Unterschied. Der Meister ist in seiner endgültigen Heimat bei Gott angekommen, ich bin in meiner Heimatlosigkeit angekommen. Eine größere Differenz kann es wohl nicht geben.

Ich leide darunter. Ich leide wirklich. Denn ich habe schon lange keine Heimat mehr. Das ist schlimmer als der Tod. Wer heimatlos ist, ist ein Niemand. Und ich bin ein Niemand.

Können das andere auch von sich behaupten? Jeder will doch irgendwohin gehören. Er will zu jemandem gehören wie Mann und Frau. Aber ich habe bis heute sogar meine Frau nur angelogen. Sie weiß nicht, wer ich bin. Wer ich wirklich bin. Ich habe die Sprache dieses Landes gelernt, aber nur notdürftig. Ich werde sofort als jemand erkannt, der nicht dazugehört. Das ist schlimmer als der härteste Peitschenhieb auf den Rücken. Diese Wunde heilt wieder. Aber ich bin nicht heil, ganz und gar nicht. Ich bin ohne Heimat, weil ich nicht der sein kann und darf, der ich wirklich bin. Aus Selbstschutz schon nicht.

Aber ich habe meine Erinnerungen an mein

vorheriges Leben, als ich noch jung war. Wild, ungestüm, gnadenlos ehrlich, aber nicht verlogen oder korrupt. Auch wenn mir das gerne nachgesagt wird. Zumindest ist es das, was ich hier im Dorf manchmal höre. Ich zucke zusammen, wenn ich das Wort »Verrat« höre; ich zittere dann, bebe, schwitze und habe panische Angst. Das werde ich nie los. Ist das die Strafe, die zu mir gehört wie die Haare auf meinem Kopf?

Niemand würde mir Glauben schenken, wenn ich mich als den erklärte, der ich wirklich bin. Ich würde alles verlieren und ich wäre nackter als nackt. Nackter noch als der Meister am Kreuz. Ich wäre dann ein gebrochener Mensch. Nicht nur die Knochen wären zerbrochen, wie es bei Kreuzigungen üblich ist. Es geht um mehr; es geht um die Seele, um das Seelenheil. Verwundungen habe ich in meinem langen Leben viele erlebt. Daran stirbt man nicht zwangsläufig. Doch wenn die Seele wie eine Muschel zerbrochen wird, bleibt vom Menschen nichts mehr übrig. Wir sind dann nicht mehr Wert als eine Schlange, der man den Kopf zertritt.

Ich bin ein ehrlicher Mensch. Ja, ich kann

sagen: Ich bin ein Mann von Ehre. Auf mich ist Verlass. Ich stehe zu meinem Wort. Nicht umsonst sagte ich in besagter Nacht der Nächte zum Meister:

Es geschieht nun, was geschehen musste. Es gibt nur diesen Weg für uns beide. Jetzt trennen sich unsere Wege für immer.

Der Meister sagte nichts, legte mir nur seine Hand auf die Schulter und ließ sich dann abführen. Ich leide noch immer wie ein Hund, wenn ich daran denke. Als sei es erst gestern gewesen. Ich weiß noch jede kleine Kleinigkeit. Und noch immer sehe ich in die Augen des Meisters. Er hat mich nicht verurteilt. Das hätte ich in seinen Augen gesehen. Ich glaube noch heute, dass ich in seinem Augenwinkel sogar eine Träne gesehen habe.

Es macht mich krank, wenn ich daran denke. Es macht mich krank, aus meiner Heimat verstoßen zu sein. Ich bin nicht selbst gegangen – damals. Etwas in mir ging. Es war nicht ich und dennoch war ich es, weil ich noch alles spüre, nach all diesen Jahrzehnten noch alles spüre. Als sei es erst gestern geschehen.

Wem sollte ich das alles sagen, wem mich anvertrauen? Würde ich Verständnis ernten?

Oder ist das Urteil schon längst über mich gefällt? Was wird man in hundert Jahren über mich sagen? Oder bin ich bis dahin vergessen? Oder ist bis dahin auch Jesus vergessen?

Er war und ist mein Meister bis heute. Das macht mich froh und innerlich frei und glücklich. Dennoch leide ich jeden Tag erneut wie ein Hund. Wie ein räudiger Hund, den man auf die Straße gesetzt hat. Für den man nur Tritte und Schläge übrig hat.

In all den Jahren habe ich viel gelesen und mich weitergebildet. Und warum? Weil ich noch immer das verborgene Wort in mir suche, das Wort, das der Meister hinterlassen hat. Und deshalb bin auch ich ihm nachgefolgt. Bis heute. Und das ist die Wahrheit. Nichts anderes.

Das verborgene Wort

Es ist das Heiligste, was ein Mensch tief in seinem Innern besitzen kann: das verborgene Wort. Der Meister repräsentierte das verborgene Wort, denn er war das Wort. Der Meister war so authentisch, dass er nicht anders konnte, als das zu sein, was er war: das Wort.

Trotz meiner Kritik am Meister und meiner Enttäuschung über ihn gilt für mich nach wie vor: Der Meister verkündete nicht nur das Reich Gottes, er brachte uns nicht nur das richtige Beten bei, sondern er handelte so, wie er verkündete. Und zwar generell. Das hat ihn für mich so wichtig gemacht – bis heute. Doch was hätte dagegengesprochen, wenn er auf meiner Linie gewesen wäre, die da lautet: Schon in der Gegenwart müssen wir etwas für die Menschen tun, wenn sie wirklich in ihrem Leben auch frei sein sollen. Und das geht nun mal nicht immer ohne Gewalt.

Und genau davon wollte er nie etwas hören.

Dabei hat er sich oft genug als Menschensohn bezeichnet. Und da verlange ich von ihm auch die Einlösung des Wortes Menschensohn. Wer ein Sohn der Menschen ist, der tut auch handfest etwas für die Menschen. Das haben im Übrigen weder Simon noch Johannes noch Jakobus verstanden.

Ich weiß nicht, wie Paulus von Tarsus darüber gedacht hat. Ich habe ihn ja nie kennengelernt. Vielleicht wäre das mein Mann gewesen! Ich weiß es aber nicht.

Aber etwas spüre ich bis auf den heutigen Tag und merke dann, wie mein Groll auf den Meister kleiner wird und sich zähmen lässt. Es ist das Wort, das verborgene Wort, das mir – wenn ich ehrlich bin – bis heute auch Geborgenheit schenkt. Es war etwas in der Zeit mit dem Meister, das mich ruhiger werden ließ. Ich war ja damals noch ein ganz junger Mann, als wir über Land zogen. Es war die Art der inneren Einkehr. So wie man Rast macht, kühles Wasser trinkt und sich ausruht.

Ich glaube, der Prophet Elias hat das verstanden. So sehe ich das heute jedenfalls. Und Elias ist einer der wichtigsten Weisheitslehrer, die es je gab.

Manchmal braucht man den Anstoß von draußen, von jemand anderem, der es wirklich gut mit einem meint. Das sind zwar nur wenige. Aber vielleicht gibt es sie doch. Vielleicht sollte ich das alles aufschreiben, und das Geschriebene, das ich »Das verborgene Wort des Judas aus Kariot« nennen würde. Ich würde diese Schrift verstecken, denn es muss ja noch verborgen bleiben, bis die Menschen so weit sind, dass sie das alles auch verstehen und aufnehmen können. Vielleicht dauert das auch mehr als zehn Generationen, bis alles wirklich begriffen ist. Und vielleicht würde jemand die Schriftrollen finden, damit alles in einem anderen Licht gesehen wird. Vielleicht würden die Nachgeborenen dann merken und verstehen, dass der Meister ein kluger Mann war, mehr noch als ein Prophet, vielleicht auch der Menschensohn, für den er sich immer ausgab. Vielleicht würde dann klar werden, dass die Juden und die Christen zusammengehören; dass keine Feindschaft zwischen ihnen stehen muss.

Ich weiß, das sind alles nur Illusionen, Tagträume eines alten Mannes, der aber den Meister persönlich gekannt hat, der ihn aber nicht verraten hat – weder an die Juden noch die Römer. Ich habe nur getan, was getan werden musste. Und der Meister hat das gewusst. Die Weggefährten haben das nie begriffen, vielleicht wollten sie es auch nicht begreifen; sie waren einfache Leute. Ein einfacher Mann bin auch ich, aber ich habe nachgedacht, nachgefragt beim Meister, auch die unbequemen Fragen gestellt. Ja – und ich habe den Mann aus Galiläa wirklich geliebt. Aber ich war und bin nie ein Verräter gewesen.

Das verborgene Wort begleitet mich schon mein Leben lang. Und ich weiß heute: Das verborgene Wort ist das größte Geheimnis der Welt. Es ist noch nicht gelüftet, es schwebt noch über den Menschen und will letztendlich doch nur bei ihnen eine Heimat finden. Wer das verborgene Wort nicht kennt, bleibt heimatlos in seinem Innern. Ich bin zudem noch heimatlos in einem fremden Land, wohin ich nie gehen wollte, wo ich nie wohnen wollte, wo ich aber dennoch bald meine letzte Ruhe finden werde. Kein Mensch wird den Ort kennen. Niemand wird es wissen. Nur die Menschen hier und meine Familie. Aber sie alle werden nie erfahren, wer ich wirklich bin. Und das ist auch gut so.

Ich kann nicht behaupten, dass ich mit meinem eigenen Leben Frieden geschlossen habe. Das werde ich niemals haben: Frieden. Ich bin wie alle Menschen unvollkommen. Ich kenne nur einen, der ein vollkommener Mensch war: der Meister. Vielleicht war er darüber hinaus sogar noch mehr. Viel mehr. Ich werde es nie herausfinden. Niemals. Leider.

Ich bin fest davon überzeugt, dass der Meister ein Geheimnis in seiner eigenen Person ist, ein Geheimnis jenseits dieser Welt. Das alles kann ich nicht beweisen. Aber ich kann darüber nachdenken, grübeln, in mich hineinhorchen, bis ich eine Stimme höre, die nicht die meinige ist. Eine Stimme, die ruft, die aber nur ich hören kann. Aber ich höre nichts. Noch nichts?

Was aber sind die Geheimnisse jenseits der Welt? Was ist überhaupt jenseits der Welt? Der Meister sprach dann immer vom Reich Gottes. Aber mir reicht das noch nicht, denn er sagte auch, dass das Reich Gottes bereits hier beginnen muss. Reicht es also von hier bis in ein Jenseits, was auch immer das ist? Gibt es eine Art Schattenreich? Oder existiert womöglich noch eine Welt, die anders ist als die unsrige? Das sind nur Spekulationen, das ist reine Philosophie. Es bringt mich aber nicht weiter.

Ich stehe lieber mit beiden Beinen fest auf der Erde. Was kümmert's mich, was oben oder unten ist. Darüber nachzudenken sind andere berufen. Ich jedenfalls nicht.

Ich habe schon genug hier zu tun. Was vergangen ist, das ist nicht mehr und braucht mich eigentlich nicht zu interessieren. Doch kann ich mich nicht ganz frei machen davon. Denn die Vergangenheit bestimmt mein Leben hier auf Erden mit. Das war tatsächlich mal so, wie es sich auch wirklich abgespielt hat. Und was morgen kommt, braucht mich heute noch nicht zu quälen. Ich habe nur geringen Einfluss. Ich sehe es an mir. Was hatten wir für Pläne, wie wir unser Land gestalten könnten, wenn die Römer endlich nicht mehr da sind! Und was ist daraus geworden? Ihr Herrschaftsbereich hat sich noch ausgeweitet. Überall sieht und hört man die Römer.

Sie haben bis heute nicht unsere Sprache gelernt. Wollen sie auch nicht. Denn sie sind Römer. Die Herrscher der Welt. Alles, was sie mit ihren Streitkräften überrollt haben, muss sich der römischen Kultur anpassen. Es kommt noch der Tag, dann werden sie uns verbieten, unsere eigene Sprache zu sprechen.

Die Römer wollen vollkommen sein. Das

glauben sie nicht nur, sondern sie benehmen sich auch so.

Wer vollkommen ist, der muss nichts mehr hinzulernen. Der durchläuft keinen Prozess mehr, sondern ist einfach da und bleibt auch da, wo er gerade hingestellt wird.

Unvollkommene Menschen hingegen durchlaufen ständig verschiedene Lebensprozesse. Nichts ist unwandelbar. Alles fließt und ist in Bewegung. Das sagen auch die alten griechischen Philosophen. Was also ist besser? Vollkommen oder unvollkommen sein?

Ich persönlich bin weit davon entfernt, vollkommen zu sein. Äußerlich gesehen mag ich die Ruhe selbst sein. Das sagen mir immer wieder die Menschen, mit denen ich es zu tun habe.

Hätte ich nur deine Gemütsruhe, sagen sie etwa, dann würde ich mich nicht über jede Kleinigkeit aufregen.

In mir drinnen aber brodelt es, kocht es wie heißes Wasser. Probleme habe ich genug, mehr als ich überhaupt zu bewältigen in der Lage bin.

Ich muss genauer sein. Probleme im eigentlichen Sinne des Wortes habe ich keine. Ich habe aber Kummer. Das ist etwas anderes. Probleme ergeben sich aus dem äußeren Leben und sind für andere durchaus nachvollziehbar. Kummer hat seelische Gründe. Es ist Sache des Herzens, was mich tief bewegt, mehr als alles andere auf der Welt.

Der Meister und ich, das ist mein Kummer. Er hat es mir sogar in einer ruhigen Stunde eines Abends selbst gesagt.

Du wirst viel Kummer erleiden, sagte er. Und ich verstand nicht ein einziges Wort. Ich wusste überhaupt nicht, auf was er hinauswollte. Ich war eben jung, unerfahren und ein Hitzkopf, wenn auch nicht von der gleichen Art wie dieser Simon.

Der war zeit seines Lebens ein ungebildeter Holzkopf. Ganz gleich was er sagte, jeder erkannte in ihm sofort den Mann vom Galiläischen Meer. Seine Mundart verriet ihn. Und nicht nur die. Es war die Art, wie er sich bewegte, wie er gestikulierte und sich immer blamierte. Ich habe aus seinem Mund während der ganzen Wanderschaft mit dem Meister nur selten ein vernünftiges Wort gehört.

Er konnte es einfach nicht. Und er verstand

auch nicht, was der Meister wirklich mit all seinen rätselhaften Worten sagen wollte.

Mein Kummer begann im Prinzip, als ich mich der Jesusbewegung anschloss. Ich hätte skeptischer sein müssen. Ich war unvorsichtig, obwohl ich generell ein ziemlich misstrauischer Mensch bin. Bis heute. Ja, heute erst recht. Ich muss ständig aufpassen, mich nicht zu verraten. Das war damals natürlich nicht der Fall. Ich habe immer klipp und klar gesagt, wo ich politisch stehe und was meine Beweggründe sind, warum ich so bin, wie ich bin. Die Jünger hat das im Grunde nie interessiert.

Da waren die Frauen, die mit uns zogen, aufmerksamer. Obwohl auch sie vom See stammten und relativ bedeutungslos waren, was ja alle Frauen sind, aber sie waren scharfsinniger. Sie hörten auch auf die Untertöne, achteten auf die Mimik. Sie ließen sich nicht so schnell hinters Licht führen.

Der Tag des Lichtes

Wie geht es im Leben eigentlich immer weiter? Was ist die Triebkraft? Wieso bleibt nicht alles, wie es ist? Warum passiert ständig etwas Neues? Wie entsteht Geschichte? Ich hatte früher und habe heute immer noch diese Fragen. Mit dem Meister konnte man diese Fragen besprechen. Aber nur nachts. Niemals am Tag, denn da hatte er zu viel zu tun. Ständig bedrängten ihn die Menschen.

Die nächtlichen Stunden, in denen Gewissheiten geprüft wurden und neue Fragen sie wieder wegwischten, nannte ich den aufkeimenden Tag des Lichtes.

Hätten wir früher gewusst, was sich ereignete, wie viel im Nachhinein einfach falsch gedeutet wurde, hätte auch ich anders reagiert. Der Meister, so glaube ich, konnte in die Zukunft sehen. Und was die Zukunft betrifft: Sein Lachen blieb ihm von Anfang an im Halse stecken. Er ahnte etwas. Doch erging er sich nur in Andeutungen. Dies alles müsse geschehen, damit sich das Schriftwort erfülle. Das waren Standardsätze von ihm und ich habe den Eindruck, niemand wollte von ihm so etwas hören oder wissen.

Die guten Leute, denen er viel anvertraute, dachten nicht weiter als einen Steinwurf entfernt. Und wann das »Später« beginnen sollte, sagte der Meister nicht. Er sagte auch nicht, was mit uns allen geschehen würde. Stattdessen: Es werden Tage kommen, da verfinstert sich die Sonne. Das konnte sich auch keiner vorstellen. Doch muss ich die guten Leute auch in Schutz nehmen. Wie sollten sie auch seine Reden verstehen? Die verstanden viel vom Fischfang und vom Trinken. Das war ihr Trost. Sie hatten nämlich meist nichts zu lachen. Und in ihrer Gegenwart lachte auch der Meister nie, obwohl er sonst sehr gerne und viel lachte. Aber es war kein Auslachen, er wollte dadurch keine Trennwand aufstellen oder den Leuten verdeutlichen, was ihn von ihnen unterschied. Nein, das wäre ihm wirklich nicht in den Sinn gekommen.

Ich weiß, es gibt Menschen, die haben Angst vor der Nacht. Ich gehöre nicht dazu. Ich mag bis heute diese Stunden der Dunkelheit, in der alle Konturen verschwimmen und verblassen. Zeiten, in denen man keine Hand vor den Augen sieht. Ich liebte diese Nächte und wartete manchmal geduldig, dass mich der Schlaf endlich fangen sollte.

Als ich ein Kind war, hatte ich kleine Träume, als Erwachsener sind dann auch die Träume größer geworden. Im Gegensatz zu anderen Menschen war ich deswegen aber nie beunruhigt. Ich glaube bis heute, dass jeder Traum ein Schlüssel ist, mit dem wir Türen aufsperren können zu unseren Sehnsüchten und Hoffnungen. Träume sind meiner Meinung nach niemals rückwärts gewandt, sondern sie wandern mit uns durch unser Leben. Sie entwerfen manchmal ganz neue Bilder von unserem Leben. Davor haben nicht wenige Angst. Aber Angst kenne ich eigentlich nicht. Meine Ängste beziehen sich nur auf das, was bereits geschehen ist, und die Gewissheit, dass ich nicht mehr in die Vergangenheit zurückkehren kann, um alles anders zu machen. Dort sitzt meine Angst.

Mich quält meine Vergangenheit, es ist ein unerbittliches Leiden an mir selbst. Nicht einmal einen anderen Menschen kann ich dafür verantwortlich machen. Nur ich selbst bin für mein Leben zuständig. Das habe ich in langen harten Jahren lernen müssen. Die Vergangenheit frisst sogar meine Gegenwart auf. Was soll ich da noch an Zukünftiges denken?

Warum seid ihr verwirrt?

Die Frage, die mich immer wieder beschäftigt, ist die: Was ging in den Köpfen der Jünger vor sich? Meine Position war klar und deutlich. Ich sprach mit jedem offen darüber. Ich habe mich nie versteckt, denn jeder von uns sollte wissen, woran er mit dem anderen war.

Es gab Rangeleien unter den Jüngern. Daran besteht kein Zweifel. Sie unterhielten sich über Dinge, die ich bis dahin nicht für möglich gehalten habe. Wer im Reich Gottes später links und rechts von dem Meister sitzen darf. Hatten die die Gegenwart nicht verstanden, hörten sie dem Meister nicht zu? Gerade unter uns sollte doch niemand seine Ellenbogen einsetzen, um glänzen zu können und sich für die Ewigkeit schon zu Lebzeiten einen sicheren Platz zu reservieren.

So habe ich des Meisters Worte nie verstanden. Es sollte doch in der Ewigkeit gerade nicht so weitergehen wie auf Erden. Nur wer sich hier durchsetzen kann, erhält die besten Plätze – da haben sie den Meister gründlich missverstanden. Er hat ihnen auch die Köpfe zurechtgerückt.

Ich denke, wir haben mit der Gegenwart gerade genug zu tun. Wozu sich schon Gedanken machen, wie es nach dem Tod weitergeht. Ich denke, es geht irgendwie weiter, obwohl ich nicht weiß, was ich jemandem antworten soll, den diese Frage quält. Ich weiß es wirklich nicht.

Eines habe ich aber immer aus Jesu Mund verstanden: Schon hier auf Erden sind wir aufgerufen, das Reich Gottes erst einmal den Menschen zu verkünden. Ich habe das immer so aufgefasst, dass Gerechtigkeit nur walten kann, wenn die Verhältnisse in unserem Land sich politisch ändern.

Ich bin bei den Jüngern mit meiner Einstellung immer auf taube Ohren gestoßen. Ich stand alleine da und gab es irgendwann auf, ihnen meine Meinung zu erklären. Sie wollten mir einfach nicht zuhören.

Ich weiß nicht, ob der Meister enttäuscht darüber war, dass die Jünger die Bedeutung seiner Worte nicht in ihre Köpfe bekamen. Ich gebe aber durchaus zu, dass manche Dinge, die geschahen, sich meinem Verständnis entzogen haben. Eines aber habe ich mir bis heute aufbewahrt: Der Meister war zwar in gewisser Hinsicht berechenbar – er hatte immer die im Blick, die arm und krank waren, die am Leben litten, wie ich heute an meinem Verhältnis zum Meister –, er war aber auch unberechenbar, weil er Dinge tat oder, besser gesagt, weil Dinge geschahen, wenn er bei den Menschen war, die einfach wunderbar waren. Was mir besonders auffiel: Er heilte immer einzelne Menschen und nicht gleich alle, die auch ihren Kummer hatten, der einzelne Mensch in seiner Not, auf den legte er seinen Blick und sein Handeln.

Dass ein Einzelner so sein Interesse weckte, war schon wunderbar. Ich glaube, allein seine Anwesenheit bei diesen Menschen trug schon zum Großteil zu deren Heilung bei. Ich hatte immer den Eindruck, alleine ihr Glauben an den Meister bewirke schon eine Besserung. Diejenigen, die außerhalb unserer Dörfer und Städte leben mussten, die wie Ungeziefer behandelt wurden, denen schenkte er Zuneigung. Endlich, so denke ich mir, war da jemand, der sie mal ernst nahm. Ja – der sie tröstete. Denn Trost ist etwas, das wir alle dringend nötig haben, so nötig wie die Liebe.

Trost war sein Handwerk. Obwohl er im eigentlichen Sinne ja nichts tat – er war da, sprach mit ihnen, legte die Hände auf, betete –, das hat immer alle Menschen angerührt. Auch mich, wenn ich auch eine andere Botschaft immer vehement verteidigt hatte.

Der Meister war schon ein ganz besonderer Mensch. Der konnte einen in die Arme nehmen – sogar die Frauen –, dass man spürte, da springt etwas über. Hier geschieht etwas Heiliges, hier ist Gott im Spiel, hier muss Gott irgendwie mitwirken. Das sprach sich natürlich herum, so dass die Menschen im Laufe der Zeit ihn immer mehr bedrängten. Sie hingen an seinen Lippen, ich glaube, manche beteten ihn sogar an.

Ich erinnere mich, dass wir einmal in Galiläa an einem späten Nachmittag auf einem kleinen Hügel saßen – ich habe Tränen in den Augen, wenn ich an das leicht hügelige Land denke, das mal meine Heimat war – und immer mehr Menschen sich um uns herum versammelten. Ich dachte erst: Was haben die vor, sie kamen immer näher, sie umkreisten uns und ich dachte nur: Wenn die nun zu Knüppeln oder Waffen greifen, sind wir verloren.

Aber ich hatte zu früh schwarzgesehen. Sie kamen nur, um ihm zuzuhören. Ich glaube in dem Dorf, das in der Nähe war, hätte jeder Dieb und Lump in die Häuser einbrechen und Hab und Gut stehlen können. Es war ja niemand mehr da.

Die Leute – sie waren nicht gerade von Sinnen, aber aufnahmebereit für alles, was er jetzt sagen würde –, setzten sich: Frauen und wie immer sehr viele mit ihren Kindern, Greise, Krüppel und auch Männer, die sich auf den Fischfang für die nächste Nacht vorbereiteten. Sie setzten sich auf den Boden und der Meister stand auf, als ob er wüsste, was sie von ihm wollten.

Sie brauchten ihn und lechzten nach dem verborgenen Wort. Dieses Wort wollten sie vom Meister hören. Deshalb waren sie alle zusammengekommen, so als ob irgendein Licht oder sogar ein Stern sie geführt hätten. Das war schon eine ganz besondere Atmosphäre. Das ging sogar mir richtig unter die Haut, obwohl ich nicht gerade ein emotionaler Mensch bin.

Der Meister erzählte ihnen mit ruhiger Stimme von Gott. Für ihn war Gott immer präsent und er sagte, es sei so, dass er immer neben dem einzelnen Menschen stünde, ohne dass man ihn spüren oder anfassen könne. Er sei der Gott, der immer da ist und dennoch für die Menschen im Verborgenen bleibt. Der Meister liebte Redewendungen wie der verborgene Gott oder das verborgene Wort oder das Beten in einer stillen Kammer, was Gott, der alles sieht, weiß, und er sprach gerne von dem verborgenen Gott.

Als Jude glaube ich fest daran, dass Jahwe immer bei uns ist. Schließlich hat er sein auserwähltes Volk – und das sind ja wir Juden – 40 Jahre lang durch die Wüste geschickt und war dennoch den Menschen seines Volkes nahe. Das kann man wirklich so festhalten.

Manchmal lässt mich meine Erinnerung im Stich. Die genaue Wortwahl des Meisters bei Gesprächen ist mir entfallen, doch erinnere ich mich sehr gut an den Sinn der Worte. Er sprach meist in Bildern zu uns, untermalt mit konkreten Beispielen aus unserem Alltag. Fremdworte benutzte er nie, jedoch verstanden die Menschen nicht immer die tiefere Bedeutung seiner Ansprache. Dennoch hatte ich manchmal den Eindruck, dass er polarisierte: Euer Ja sei ein Ja, euer Nein sei ein Nein. Dazwischen gab es nichts. Er erwartete unbedingte Gefolgschaft.

Er baute Menschen auf, machte ihnen Mut und machte ihnen immer wieder deutlich, wie wertvoll sie doch sind vor Gott und welch unterschiedliche Begabungen ein jeder mitbringt. Er schloss dabei niemanden aus. Manchmal verwirrte er beim ersten Hinhören auch mich. Er sprach zum Beispiel davon, dass wir Kinder Gottes sind, dass wir nur ins Himmelreich kommen können, wenn wir werden wie ein Kind. Oder dass niemand Hand anlegen dürfe gegen ein Kind, weil er sonst mit einem Mühlstein um den Hals ins Wasser geworfen werde. Das waren schon harte Brocken.

Dass mit den Kindern darf man, so glaube ich zumindest, nicht wortwörtlich nehmen. Jeder von uns weiß doch, dass keiner wieder ein Kind werden kann. Und wer wollte das auch schon. Kinder sind eher an der Seite von Frauen anzusiedeln. Sie sind unbedarft wie die Frauen, müssen geführt und geleitet werden und haben im Kreise von erwachsenen Männern nichts zu suchen. Warum sollte da etwas geändert werden?

Aber dann gab es auch die schönen Beispiele, die jeder sofort verstand. Sie waren so unmissverständlich: Dass wir das Salz der Erde seien und das Licht der Welt. Dass andere an uns also ein Beispiel nehmen sollten. Eine Suppe ohne Salz ist auch nicht genießbar – weiß sogar ich, auch wenn ich nicht koche.

Es gab Worte in seinen Geschichten, die er immer wieder erzählte, die setzten sich in unserem Gedächtnis fest. Ein für alle Mal.

Ich möchte nur die Geschichte von dem Vater erwähnen, der seinem Sohn auf dessen Wunsch die Hälfte seines Erbes ausbezahlte. Der machte sich dann auf den Weg in eine fremde Stadt und brachte dort sein Vermögen mit ausschweifenden Vergnügungen durch. Als sein Geld zur Neige gegangen war, waren seine neuen Freunde an ihm nicht mehr interessiert. Dem jungen Mann ging es richtig schlecht, er hungerte und bereute sein egoistisches Handeln dem Vater und seinem Bruder gegenüber. Er beschloss, sich auf den Heimweg zu machen und seinen Vater um Verzeihung zu bitten. Er war sogar bereit, sich auf dem Hof seines Vaters als Tagelöhner zu verdingen.

Als er sich dem Haus seines Vaters näherte, stand dieser an dem Tor, überlegte nicht lange, als er seinen Sohn sah und lief ihm entgegen, fiel ihm um den Hals und vergoss viele Tränen. Den Bediensteten befahl er ein großes Fest auszurichten und alle einzuladen, die den verloren geglaubten Sohn kannten. Er sei froh, dass er wieder den Weg in sein Vaterhaus gefunden habe.

Aber da gab es noch einen älteren Sohn.

Er hatte dem Vater immer treu gedient und verstand nicht, warum sein Vater sich für den jüngeren Bruder so ins Zeug legte. Er war neidisch und eifersüchtig. Sein Vater gab zu, dass er ihm immer treu gedient habe und daher ja auch alles von ihm habe erhalten können. Aber jetzt sei sein Bruder wieder zurück, den er schon verloren glaubte.

Diese Geschichte habe ich mir bis heute gemerkt. Immer wenn ich daran denke, werde ich sentimental. Ich finde die Geschichte so rührend. Leider habe ich in meinem Leben nicht so viel Glück gehabt wie der verschwenderische Sohn. Kein Vater, keine Mutter, die mir beigestanden, die mich geliebt haben und um mein Leben und meine Zukunft besorgt waren.

Mir hat keiner geholfen. Mir hat keiner verziehen. Ja, ich habe mir nicht einmal selbst verzeihen können, nach alldem, was ich mit dem Meister erlebt habe. Schuld klebt an mir, die ich nicht abwischen kann.

Große Visionen

Ich war und bin ein bodenständiger Mensch. Sofern man mich lässt. Ich sehe die Dinge so, wie sie sind, weiß, was auf der Welt passiert, kenne das ganze Unheil, das über meine Heimat hereingebrochen ist, als die Römer es besetzt hatten. Dass ich beim Aufstand gegen die Römer vor einigen Jahren nicht dabei war, schmerzt mich noch heute. Ich hätte sie das Laufen gelehrt. Aber es ging für mein Volk schlecht aus. Jerusalem wurde vollständig zerstört. Weitere Aufstände wurden erstickt. Mein armes Volk. Armes Israel.

Und ich sitze hier im fremden Land und habe kaum Gelegenheit, meine Muttersprache zu sprechen. Ich bin hier isoliert, werde zwar geduldet und niemand krümmt mir ein Haar. Aber mir fehlt die Heimat, das Vertraute. Meine Sehnsucht wird von Jahr zu Jahr größer. Ob ich je wieder in meine Heimat zurückkehren kann? Ich wünsche es und hoffe es, aber ich dürfte nicht mehr als derjenige kommen, den die Menschen fast alle bis aufs Blut hassen. In ihren Augen bin ich auch Jahrzehnte nach diesem Vorfall mit dem Meister ein Verräter.

Ist das vielleicht eine Vision? Wenn ich nachts auf dem Lager neben meiner guten Frau liege, höre ich ihr gleichmäßiges Atmen; ich liege wach – wie fast jede Nacht. Kann keine Ruhe und keinen Trost finden. Ich schlafe dann irgendwann ein, werde von schlimmen Träumen heimgesucht. Dann sehe ich mich wieder am galiläischen See. Ach, könnte ich doch wenigstens noch einmal dort sein, könnte noch einmal meine alte Sprache wieder vernehmen. Könnte die Orte aufsuchen, an denen es mir noch gut ging! Armes Israel. Armer Judas Iskarioth. Ich leide wie ein Hund. Auch wenn mich niemand schlägt und tritt, so sind es doch die inneren Qualen, die mich manchmal aufzufressen drohen. Ist das gerecht? Hat der Allmächtige mich verstoßen für immer, sitze ich für immer im Brunnen meiner Vergangenheit, ohne Hoffnung auf Änderung? Wenn ich mich doch bloß anderen mitteilen könnte, mein Leid hinausschreien! Ich nähme sogar die Peitsche in Kauf. Vielleicht würde sie mir meine Gedanken herausreißen, die mich um den Verstand bringen. Armer Judas! Armer Meister! Armes Israel!

Lebe ich vielleicht nur in meiner Vergangenheit, die mich aber festkrallt an die Geschehnisse jener Nacht? Damals. Vor vielen Jahrzehnten. Wie lange das doch schon her ist! Bekäme ich für einen schmerzenden Gedanken auch nur einen Denar, ich wäre schon lange ein reicher Mann.

Ich habe keine Visionen mehr, aber ich sehne mich nach ihnen – hier im fremden

Land, mit fremder Sprache und fremder Kultur.

Wie ich es hasse, hier zu leben.

Als wir damals durch Galiläa zogen, hatten wir noch Visionen. Die Jünger andere als ich. Aber wir hatten Visionen. Doch was mich schon damals schmerzte, war, dass ich von ihnen von Anfang an nicht anerkannt wurde als einer von ihren. Als einer, der zum Freundeskreis Jesu gehörte. Sie akzeptierten mich nicht. Hatten sie nie getan, obwohl ich einer der Ersten war, der zu des Meisters auserwähltem Kreis gehörte.

Und der Meister selbst? Wie stand er eigentlich zu mir? Ich kann es bis heute nicht eindeutig sagen.

Es gab ein einziges Gespräch über den Jüngerkreis und meine Stellung darin. Ein einzigartiges Gespräch mit Jesus. Auch wenn er dabei lachte, was er immer tat, wenn er etwas Außergewöhnliches für die Ohren anderer aussprach. Also ich war in jener Nacht alleine mit ihm. Es war ein langer Tag und die Jünger schliefen alle schon. Auch die Frauen. Nur manchmal hörten wir ein Kind wimmern oder schreien. Dann war es wieder still. Jesus und ich, wir hatten uns vom wärmenden Feuer entfernt und setzten uns auf einen großen Stein. Der Feuerschein lag genau auf Jesu Gesicht. Ich konnte jede Falte sehen – einige hatte er schon, denn er war ja auch schon über dreißig Jahre alt, also ein Mann in den besten Jahren.

Vielleicht hatte sein anstrengendes Leben auch die Furchen eingegraben.

Also er lachte, obwohl es meiner Meinung nach überhaupt nichts zu lachen gab.

Der Dreizehnte König

Ich hatte schon seit Wochen diesen fürchterlichen Traum, der mir Angst einflößte. Die zwölf Jünger folgten mir in eine unwirtliche Gegend, alles war grau in grau, auch der Himmel war verhangen und ich hatte ein ungutes Gefühl in der Magengrube. Dann lag ich auf dem Boden, wusste aber nicht mehr, wie das geschehen ist. Dann steinigten sich mich.

Dann war ich plötzlich wieder ganz woanders. Es war ein großes Haus, in dem ich mich befand mit tausenden von Türen; so weit ich sehen konnte, reichte dieses Haus bis an den Horizont. Vor dem Haus sah ich die Ältesten meines Heimatdorfes. Auf dem Dach blühten grüne Zweige. Dann war der Meister selbst zugegen und ich sagte zu ihm: Nimm mich zusammen mit den Menschen hinein.

Jesus lachte jetzt nicht mehr. Du wirst das Haus nicht betreten, nie wird das geschehen. Denn der Ort ist für die Heiligen vorgesehen. Du gehörst nicht zu ihnen. Es ist das Haus meines Königreiches.

Der Herr antwortete mir: Du bist der Dreizehnte und du wirst verflucht sein von den übrigen Geschlechtern. Aber du wirst über sie herrschen.

Weiter sprach er: Es existiert ein großes Reich und eine Unendlichkeit, deren Ausmaß kein Engelsgeschlecht je erfasst hat. In ihm ist der große unsichtbare Geist, den kein Engelsauge je gesehen und kein Herzensgedanke je erfasst hat und den niemand je mit irgendeinem Namen genannt hat. Es ist das Reich des Lichtes.

Dann ließ mich der Meister stehen und ging weg. Ich war alleine und schaute auf zum

Himmelszelt. Ich dachte noch daran, dem Meister zu folgen und ihn nochmals zu fragen, was denn mit mir geschehen werde.

Aber anstatt umzukehren, setzte ich meinen Weg in die Wüste fort, bis ich den Schein des Feuers nur noch als kleinen Punkt erkennen konnte. Ich ließ mich nieder in der Eiseskälte der Nacht und kehrte erst nach Stunden, als das Feuer fast schon erloschen war, wieder ins Lager zurück. Ich wickelte mich in meinen Umhang und schlief dann traumlos bis zum nächsten Morgen.

Der Meister hatte damals am Galiläischen Meer zwölf Männer berufen. Einer davon war ich. Wir sollten mit ihm ziehen und sollten Zeugen davon sein, wie der Meister den Menschen im Lande von dem gütigen und barmherzigen Gott und dem Anbruch des Reiches Gottes erzählte. Das war seine Botschaft. Das und nichts anderes. Zwölf Männer folgten ihm. Zwölf künftige Könige im Reich Gottes? So manch einer glaubte das – wahrscheinlich sogar über den Tod des Meisters und ihren eigenen Tod hinaus. Zwölf Männer, die den Meister kannten – von Angesicht zu Angesicht. Die täglich mit ihm zogen, nachts auf hartem Boden schliefen. Die er beten lehrte. Er malte ihnen Bilder, um seine Gute Nachricht zu verdeutlichen. Und ich gebe zu, dass ich nicht alles, was er sagte, wirklich verstand. Und die anderen – deren Gedächtnis reichte zu noch viel wenigerem als meines. Doch wir zogen mit ihm. Und einer von ihnen war ich: Judas Iskarioth.

Und dennoch war ich ein Ausgestoßener. Ich fühlte es immer. Ich gehörte nicht wirklich zu den zwölfen. Ich sprach nicht die gleiche Mundart. Ihre Heimat war nicht wirklich meine Heimat. Sie waren ungebildete Fischer. Ich war ein belesener Mensch. Ich gebe zu – ich war immer einer, der vor Gewalt nie zurückschreckte. Wenn es denn dem Ziel, das aus unserer Aufgabe erwuchs, diente.

Ich habe mit dem Meister nie wieder über das Traumgesicht gesprochen und hatte mich auch sonst keinem Menschen anvertraut. Aber mehr und mehr spürte ich, wie die anderen mich mieden. Sie gingen mir aus dem Weg oder unterbrachen ihre Gespräche, sobald ich in ihre Nähe kam.

Es waren nur wenige Monate, bevor die Nacht der Nächte anbrach und das Leben sich unheilvoll wendete.

Niemanden hat das mehr verwirrt als mich. Niemand hatte so gelitten wie ich, außer dem Meister selbst.

Ich war der Dreizehnte König in seinem Gefolge und stand doch gegen die anderen zwölf. Ich war das schwarze Schaf in der Herde. Ich war der Wolf im Schafspelz. Ich war vielleicht sogar mit dem Teufel im Bunde – jedenfalls wird mir das bis heute nachgesagt. Nichts davon ist wirklich wahr.

III. Die Nacht der Nächte

Die Woche begann heiter, ja ausgelassen. Niemand konnte ahnen, dass diese Woche mit Folter, ungebremster Wut und Hass auf den Meister sich entwickeln würde. Niemand konnte ahnen, dass der Meister grausam sterben und am ersten Tag der kommenden Woche auferstehen würde. Dass daraus eine ganz andere Glaubensrichtung werden sollte, auch das war zu Beginn der Woche noch nicht absehbar.

Auch für mich persönlich sollte diese Woche mein Leben auf den Kopf stellen, und ich konnte noch nicht voraussehen, dass ich zum unbeliebtesten Menschen überhaupt niedersteigen sollte. Der Name Judas aus Karioth steht bis heute stellvertretend für Verrat, Niedertracht, Geldgier, Falschheit, Charakterlosigkeit. Seither wird mein Name mit Verachtung ausgesprochen. Manche spucken aus und bezeichnen mich als den Teufel in Reinform.

Schon lange vor dieser ereignisreichen Woche hatte der Meister immer wieder von seinem baldigen Tod erzählt. Kaum jemand nahm ihm das ab, manche schüttelten den Kopf und lachten, wenn er immer wieder davon anfing.

Und der Anfang der Woche deutete zunächst nicht darauf hin, dass der Meister mit seinen Prophezeiungen richtig liegen sollte. Denn er zog in Jerusalem ein. Auf einem Esel, nicht hoch zu Pferd, ritt er durchs Stadttor und die Menge der Menschen jubelte ihm zu. Wie genau es dazu gekommen ist, kann ich nicht mit Bestimmtheit sagen, denn ich kam erst dazu, als Jesus schon in Jerusalem war und die Menschen ihm wie einem Gott huldigten.

Ich habe diese Menschen nie verstanden, und ich werde sie auch nie verstehen. Wie kann man einen Menschen derart hochleben lassen und einige Tage später seinen Tod fordern? Was ist in diesen Menschen bloß vor sich gegangen? Waren sie vielleicht des Teufels? Waren sie etwa von bösen Dämonen besessen oder waren sie alle miteinander einfach nur betrunken? Man hatte als Beobachter jedenfalls diesen Eindruck.

Denn als Beobachter fühlte ich mich seit

jeher. Ich denke, ich habe die Gabe, Dinge, die geschehen, aus einer anderen Perspektive zu beleuchten. Ich neige zur Skepsis. Ja, ich bin misstrauisch. Ich bin schon immer voller Misstrauen gewesen. Allen und jedem gegenüber.

Ich glaube auch nicht an das Gute im Menschen wie der Meister. Ich gebe Menschen in der Regel keine zweite Chance. Wer mich versucht reinzulegen, wer mich öffentlich vorführen will, wer auf meine Kosten Witze reißt und mich bloßstellen will, der ist bei mir unten durch. Einen solchen Menschen habe ich ein für alle Mal abgeschrieben.

Und ich muss sagen: Ich bin damit immer gut klar gekommen. Menschen verstellen sich, zeigen nicht ihr wahres Gesicht, sondern sehr schnell ihre böse Fratze. Ich kenne die Menschen. Ich bin Menschenkenner. Und mit mir macht das keiner so. Die Menschen auf Abstand halten, das ist und war immer meine Devise. Distanz ist eines der wichtigsten Wörter in meinem Sprachschatz. Man muss die Menschen auf Distanz halten. Wer Nähe zulässt, der ist schon verloren.

Ich glaube, das war auch der große Schwachpunkt des Meisters. Er war zu gut für diese Welt. Er war ein Idealist bar jeder Realität. Ich habe ihn darauf, als wir durch Galiläa zogen, des Öfteren angesprochen. Aber er lachte nur. Es war kein Lachen von oben herab. Kein kaltes, herzloses Lachen. Es war ein Lachen, in dem Mitleid steckte. Hatte er tatsächlich Mitleid mit mir, den andere als einen Sohn der Hölle empfinden? Fast will ich es glauben. Guter Meister, wer hat dich bloß so erzogen? War dein Vater nicht streng genug mit dir? Hat deine Mutter dich womöglich verwöhnt, verzärtelt? Ich weiß es nicht mit Bestimmtheit.

Der Meister wich eigentlich nie einer Frage, die ihm gestellt wurde, aus. Auch meiner Frage ist er nicht ausgewichen. Aber er hatte nichts gesagt. Hat mich angelacht. Ja, es war ein Anlachen, kein Auslachen.

Der Meister war ein Meister des Erbarmens. Er hatte unendliche Geduld; nicht nur mit mir. Besonders mit den Frauen. Warum die immer mit uns gezogen sind? Ich weiß es bis heute nicht. Man könnte glauben, er habe ihnen den Kopf verdreht. Aber so war er nicht. Da hielt er eine gewisse Distanz. Aber nur eine gewisse Distanz. Aber dieses ständige Anfassen der Frauen, die er streichelte, sie in seinen Armen wie ein Kind, das man zum Einschlummern bringen will, hin und her wiegte. Was hat er sich dabei bloß gedacht?

Die Frauen hielten große Stücke auf ihn. Ich erblickte nur Schwachheit in seiner Haltung. Und auch eine gewisse Inkonsequenz. Mehr Männlichkeit hätte ihm gutgetan. Aber er lachte meiner Meinung nach viel zu oft. Menschen fühlten sich gerade dadurch zu ihm hingezogen. Alle, die schwach waren: die Alten, Kranken, die Kinder und natürlich auch die Frauen, die ja bei einem Mann immer auch einen gewissen Schutz suchen gegen die Attacken der bösen Welt. Da war der Meister der richtige Ansprechpartner für sie. Und sie liefen halt mit. Keine Ahnung, was ihre Männer dazu sagten, wer die Kinder versorgte, wer kochte und das Haus führte. Diese Frauen waren meiner Meinung nach blind, sie hatten den Tunnelblick, sahen nur noch den Meister, und seine Worte schmiegten sich wie Balsam an ihre Seelen. Hätte ich mich nicht dennoch dem Meister verbunden gefühlt, ich könnte sagen: Sie haben ihren

Kopf verloren. Und er nutzt das aus. Tat er aber nicht.

Die Frauen, ob jung oder alt, und sogar die Männer jubelten an jenem Wochenbeginn dem Meister zu. Sie waren alle wie von Sinnen. Und der Meister genoss diesen Einzug in Jerusalem. Schließlich hatte er mit der Stadt und den Menschen dort auch schon gegenteilige Erfahrungen gesammelt. Die deckten sich nicht mit dem, was die Menschen dem Meister an jenem Tag entgegenbrachten. Haben sie ihn als einen Gott empfunden? Oder tatsächlich für Gottes Sohn gehalten? Das wurde ihm von manchem Menschen nachgesagt.

Für strenggläubige Juden ist das ein Ärgernis. Das geht einfach zu weit. Gott ist der Einzige und der hat keinen Sohn. Den braucht er überhaupt nicht, weil er sich alleine genügt. Ich glaube nicht einmal, dass Gott die Menschen wirklich braucht. Ich kann es mir jedenfalls nicht vorstellen. Und wenn doch, wäre er ein merkwürdiger Gott. Ich weiß nicht, ob ich zu so einem Gott beten könnte.

Ich habe aus des Meisters Mund nie vernommen, dass er sich als Gottes Sohn bezeichnete. Aber er redete so viel, dass ich auch das nicht beschwören würde. Bei Gott – das würde ich nie tun.

Judas' Geheimnis

Bileam, höre weiter, was ich dir sagen will. Höre, denn sehen kannst du nicht, aber du hast Ohren, die weiter Unbegreifliches hören sollen. Du hörst mehr und besser als Menschen, die sehen können und doch ins Unheil laufen, weil sie ihren Ohren nicht trauen. Du, Bileam, bist ein Auserwählter. Höre also weiter! Und wenn deine Zeit gekommen ist, dann sprich! Meinen Segen hast du jetzt schon!

Der Meister hatte seit Wochen immer wieder von seinem bevorstehenden Tod gesprochen und ging vielen der Gefährten damit auf die Nerven. Er war gesund, voller Tatkraft, klar in seinen Worten und von einem heißen Gemüt, wenn er von Gott als seinem Vater sprach. Uns irritierte das gewaltig. Aber da er immer wieder von Neuem damit anfing, verfehlten seine Worte ihre Wirkung; kaum einer hörte ihm wirklich zu, vielleicht weil niemand den Gedanken zu Ende denken wollte, dass der Meister eines Tages tatsächlich nicht mehr da sein könnte oder – wie er immer wieder unterstrich – gewaltsam zu Tode kommen würde.

Richtig war allerdings: Die Menschen waren geteilter Meinung, was ihn und seine Botschaft anging. Er spaltete. Entweder man lehnte ihn ab oder man folgte ihm bedingungslos. Simon war einer von denen, die ihm immer wieder seine Loyalität versicherten. Aber wer glaubte schon Simon. Er redete viel, wenn der Tag lang war.

Doch der Meister war besonders in den Abend- und Nachtstunden unruhig, erschrak vor jedem Geräusch, das an unser Lagerfeuer drang. Es war so, als erwarte er jede Minute einen Angriff. So ging das über mehrere Wochen. Tagsüber war er wie immer; ließ die hilfesuchenden Menschen zu sich, sprach mit ihnen in der gewohnten Güte oder maßregelte sie, wenn er es für notwendig erachtete.

Du musst zum Vater im Himmel beten, sagte er oft. Vertrau dich ihm an! Bitte ihn um seine Barmherzigkeit, um seine Gnade und Güte! Geh in dich und ändere dein Leben, sonst könnte es sein, dass du schweres Unheil erleidest!

Ich denke, Gott ist ein Gott des Trostes und nicht des Zornes, sagte einer einmal zu ihm. Wird er mich denn verdammen – in alle Ewigkeit?

Der Meister berührte ihn an der Schulter. Er schüttelte den Kopf und sagte: Gott ist ein Gott der Liebe, und er will, dass wir das Leben haben und es in Fülle haben. Er will nicht den Tod, nicht die Verbannung und nicht den Schmerz.

Aber wie soll ich das alles verstehen, Meister?

Es ist im Grunde ganz einfach. Für Gott zählen dein Glaube, dein Glaubensleben und wie du sein Wort, das du mit dem Herzen aufnehmen willst, in die gute Tat wendest.

Wenn du Gott und sein Wort ablehnst, lehnst du auch Gott ab und du lehnst dich und dein Leben ab, weil du nur die bösen Taten im Sinne hast.

Das Gericht, das kommen wird, und es wird kommen, so wahr ich vor dir sitze, das Gericht, mein Bruder, bist du selbst. Gott hält dir bei dem Gericht deinen Glauben und dein Leben vor Augen. Dann wirst du sehen und erkennen, was falsch und was gut war. Du urteilst dann über dich selbst. Wisse, der Tod ist in dir und du kannst den Tod überwinden, wenn du dich Gott anvertraust! Vor allem aber: Du musst umkehren, dein Leben ändern! Darauf schaut Gott und er wird es dir lohnen.

Meist bin ich dann meinen eigenen Weg gegangen, wenn ich den Meister so reden hörte. Das Schlimmste aber war: Ich traute ihm nicht mehr, dass er die Sache mit den Römern angehen könnte. Meine Enttäuschung wuchs von Woche zu Woche. Er wurde immer sanfter, und ich geriet immer mehr in Wut, in Zorn, er war die größte Enttäuschung meines Lebens. Ich hatte auf ihn gesetzt und das war ein Fehler. Er war ein Meister der Worte und der Gesten.

Er war niemand, der einem Römer das geschliffene Messer langsam durch die Kehle zieht und dann spürt, wie das warme Blut aus dem Hals rinnt. Blut ist klebrig und stinkt – bei Gott, das weiß ich. Der Meister aber wusste von all diesen Dingen nichts. War er vielleicht fremd in seinem eigenen Leben oder genau das Gegenteil? Das wurde mir immer mehr zur größten Frage überhaupt. Aber auf wen konnte ich bauen, wem mich anvertrauen?

Ich rang mit mir tagelang, wochenlang. Ich hielt es in mir selbst nicht mehr aus, ich platzte vor Tatendrang und wartete nur noch auf das Signal zum Losschlagen.

Ich weiß, mir wird das niemand glauben. Aber ich wusste eines Nachts, dass ich zu dem Hohenpriester gehen musste, zu Kajaphas. Ich musste mich ihm anvertrauen, denn er hasste die Römer ebenso wie ich, wenn auch aus ganz anderen Gründen. Aber er hasste auch den Meister und würde wahrscheinlich alles tun, ihn endlich loszuwerden. Das schmerzte mich einerseits. Andererseits schlossen sich immer mehr Menschen dem Meister an, erzählten von ihm und dem Reich Gottes, das schon jetzt unter uns anbrechen könne, wenn wir nur wollen. Wir müssen bereit sein für Gottes Anruf. Das war des Meisters Rede. Das und nichts anderes. Wahrscheinlich hatte er nie im Leben daran gedacht, auch nur einem Römer ein Haar zu krümmen. Der Meister war zu weich, begriff aber auch nicht, dass es mir und meinen Gefolgsleuten ernst war. Wir konnten nicht darauf warten, dass die Römer sich freiwillig aus unserem Land verabschieden.

Und ich glaubte, dass Kajaphas einem Aufstand nichts entgegensetzen würde. Ich hatte den Eindruck, dass auch er alles auf eine Karte setzen würde, wenn man ihm einen Aufstand nur schmackhaft machen könnte. Kajaphas hatte viele Freunde, vor allem bei den Einflussreichen. Das jedenfalls war mein Eindruck von Kajaphas und seinen Leuten.

So ging ich denn eines Abends zu ihm in sein Haus. Wir tranken Wein, das heißt, ich trank mehr als er. Das sollte mich teuer zu stehen kommen.

Ich war in der Höhle des jüdischen Großlöwen und ahnte noch nicht, dass er mich bald zerreißen würde. Er war ein listiger Fuchs und mit allen Wassern gewaschen. Wenn es sein musste, ging er mit dem Kopf durch eine Wand. Doch meist war das nicht nötig, weil er eine ihm eigene Art hatte, die Leute für sich einzunehmen. Auch ich tappte in die Falle und der Teufel kroch mir unter die Haut. Auf jeden Fall für dieses Mal.

Nachdem wir zunächst belangloses Zeug geredet hatten, schlug er plötzlich einen anderen Ton an.

Nun, Judas, ich höre ja so allerlei, was das Volk so redet. Und immer wieder höre ich, dass es bei den Leuten um diesen Jesus von Nazareth jemanden geben soll, der die gemeinsame Kasse nicht in Ordnung hält. Es soll immer wieder zu Unregelmäßigkeiten kommen. Mit anderen Worten: Jemand greift regelmäßig in die Kasse und bedient sich selbst. Weißt du davon etwas?

Ich wusste, wovon er sprach, denn auch unter uns wurde darüber gesprochen. Es fehlte immer wieder Geld. Keine großen Beträge, aber genug, dass auch ich das schon länger bemerkt hatte.

Die Jünger hatten mich im Verdacht, weil ich der Hüter des Geldes war. Da wir keinen festen Standort hatten, musste ich die Kasse immer mit mir herumtragen. Natürlich hatte ich sie nicht ständig im Auge. Ich ließ sie oft unter den Kleidern liegen, wenn wir schliefen. Dass sie mich im Verdacht hatten, verletzte mich zutiefst. Aber je mehr ich mich gegen die Beschuldigungen wehrte, umso mehr glaubten sie, dass ich tatsächlich etwas damit zu tun habe.

Sie trauten mir nicht. Und dennoch hatten sie mich gebeten, das Geld zu verwahren. Wollten sie mich damit auf die Probe stellen, um mich dann loszuwerden, wenn mal Geld fehlte? Bei Gott, ich habe nichts damit zu tun. Ich gebe zu, dass ich manchmal unaufmerksam war, aber ich habe nie etwas entwendet, es sei denn zum Kauf für die alltäglichen Dinge, die wir benötigten. Aber das Problem reichte noch tiefer. Es gab einen Spitzel in unseren Reihen. Denn merkwürdigerweise wussten Menschen außerhalb unseres Kreises immer genau, wo wir gerade hingehen wollten. Auch die Römer hatten manchmal Informationen, die nur einer von uns haben konnte. Nur wer? Ich war es nicht.

Ich hoffe, du bringst nicht mich in Verbindung damit, Kajaphas. Ich bin ein Mensch der Ehre und habe genug Stolz, mich dagegen zu verwahren.

Kajaphas schenkte mir keinen Glauben. Er sah mich aus den Augenwinkeln an und meinte: Gott bewahre, lieber Judas, aber jeder kennt deine politischen Einstellungen.

Jeder weiß, dass du kein Freund der Römer bist. Es gibt sogar Menschen, die sagen, du wärst unter den Aufständischen, die permanent die Römer attackieren. Und weiter wird gesagt, die Aufständischen hätten stets gute und neue Waffen.

Das kann schon sein, Kajaphas. Ich bin ein Freund unseres Volkes und will seine Freiheit. Das geht manchmal nicht ohne Gewalt. Aber ich glaube, du überschätzt mich. Mein Einfluss ist nicht so groß, wie du glaubst.

Wie dem auch sei, Judas, ich wollte es nur einmal angesprochen haben. Ich will wissen, wo du stehst, besonders zu diesem Nazarener, diesen Gotteslästerer, der sich jetzt sogar als Sohn Gottes ausgibt und vom Höchsten als seinem eigenen Vater spricht. Das bringt nicht nur Unruhe unter die Gläubigen. Es ist verwerflich und gehört bestraft. Du weißt genau, was ich damit meine, Judas. Aber sprechen wir doch offen. Der Mann ist eine einzige Zumutung. Er gehört vor Gericht. Erkläre dich, wie stehst du zu ihm? Es würde mich nicht wundern, wenn auch du Bedenken hättest. Rede offen mit mir!

Ich zögerte. Konnte ich mich diesem Menschen wirklich anvertrauen?

Ich gehe davon aus, dass auch du kein Freund der Römer bist. Wir beide wollen das Beste für unser Volk. Du verfolgst ein ehrenwertes Ziel: den echten Glauben der Juden zu verteidigen. Du willst die Reinform, keine Experimente, auch nicht mit dem Mann aus Nazareth, der dir ein Dorn im Auge ist. Glaube mir, er ist kein Aufwiegler, was den Glauben angeht. Seine Methoden sind durchaus ungewöhnlich. Aber – und ich muss es nochmals betonen: Dieser Mann ist kein Gotteslästerer.

Ich gebe zu, dass ich diesen Mann schätze. Ich habe ihn als aufrecht und als wirklich gläubig erfahren. Und das geht nicht nur mir so. Die Menschen haben bei ihm das Gefühl, verstanden zu werden.

Gut, gut, Judas, aber ich bleibe dabei, dass er ein Gotteslästerer ist. Das geht einfach nicht. Sag jetzt: Was willst du? Du hast doch sicherlich einen Plan!

Langsam, langsam, Kajaphas. Ich muss zugeben, dass ich von Jesus enttäuscht bin, weil ich von ihm die Befreiung unseres Volkes erhofft habe. Ich habe ihn falsch eingeschätzt.

Du weißt genauso gut wie ich, dass wir ohne Waffengewalt gegen die Römer nichts ausrichten können. Sie verstehen nur die Sprache der Gewalt. Und da ist mit dem Mann aus Nazareth nichts zu machen.

Dennoch, es könnte einen Weg geben, zwar ein unsicherer, aber immerhin einen Weg. Wir müssten es darauf ankommen lassen. Entweder er stellt sich der Situation oder er gibt klein bei.

Was willst du konkret, Judas?

Bald ist das Paschafest. Viele Menschen sind dann in Jerusalem, darunter auch viele Römer. Die Situation ist sehr angespannt. Du weißt ja. Sobald sich mehr als drei Männer versammeln, wittern die Römer Verrat. Die Römer haben ihre Streitkräfte, wie ich erfahren habe, schon aufgestockt und sichern seit Tagen die Stadt. Denk nur daran, wie viel Unruhe entbrannte, als Jesus mit einem Esel einfach nur in die Stadt geritten war und die Menschen ihm zujubelten. Da hatten die Römer schon ihre Hände an ihren Waffen. Eine Funke hätte genügt und ein Aufruhr wäre entbrannt.

Jesus hat vor, in den nächsten Tagen wieder

viel Volk zum Gebet einzuladen. Ich werde mit meinen Verbündeten schon im Vorfeld für etwas Unruhe sorgen, werde kleine Truppen angreifen, so dass die Römer bis aufs Äußerste gereizt sind. Wenn Jesus dann in die Nähe kommt, hat er nur zwei Möglichkeiten: Entweder er greift ein, wenn die Römer wieder auf Männer, Frauen und Kinder einschlagen oder er bleibt passiv. Das wäre für mich das Zeichen, dass er nie und nimmer sich vereinnahmen lässt, um die Menschen zu verteidigen.

Es entstünde aber so oder so großer Tumult und die Römer würden erst mal wahllos alle verhaften und verhören. Wir müssen also den Römern schon vorher klarmachen, dass Jesus ein Aufwiegler ist. Wir müssen ein Zeichen vereinbaren, damit die Römer wissen, wen sie verhaften müssen.

Dann käme deine Stunde, Kajaphas. Wenn Jesus gefangen ist, werden sie mit ihm zuerst zu dir gehen. Was dann getan werden muss, ist eure Sache. Das geht mich nichts an. Ihr hättet dann Jesus zunächst in Gewahrsam. Das Volk würde entweder losschlagen, um Jesus zu helfen. Oder es würde sich gegen ihn und die Jünger auflehnen, weil ihre Angst vor den Römern doch größer ist.

Damit wäre dann uns beiden gedient. Ihr hättet Jesus. Und wir hätten die Gewissheit, dass all sein Reden keine konkrete Hilfe für die Menschen ist.

Und was glaubst du, Judas? Wie wird es deiner Meinung nach ausgehen?

Ich glaube, die Menschen werden sich gegen seine Verhaftung auflehnen.

Aber so oder so, Kajaphas. Eine Entscheidung muss her, damit wir alle endlich Gewissheit haben.

Kajaphas ging hin und her. Ich ließ ihn etwa zehn Minuten nachsinnen über meine Worte.

Gut, sagte er, ich werde mich mit den anderen Priestern besprechen. Und wir könnten dem Jesus-Spuk endlich ein Ende bereiten. Ich lasse dich unsere Entscheidung wissen.

Wie sollen die Römer aber wissen, wer Jesus ist? Trägt er auffallende Kleidung oder woran erkennen sie ihn? Sie sollen ja nicht den Falschen verhaften.

Ich gebe ihm zur Begrüßung einen Kuss. Ich werde es auffällig tun. Sie können ihn dann nicht verwechseln.

Aber da wäre noch eine Kleinigkeit, verehrter Kajaphas. Wir brauchen mehr Waffen und damit auch mehr Geld ...

Ich gebe dir einen symbolischen Betrag als Vorschuss, Judas. Das Geld kann ich dir jetzt schon geben.

Ich verließ daraufhin Kajaphas und arbeitete meinen Plan aus. Aber je länger ich darüber grübelte, umso größer wurden meine Bedenken, den Meister einfach so auszuliefern. Mir wurde immer übler, ich fühlte mich krank und schämte mich, ihm unter die Augen zu treten.

Noch war nichts geschehen. Sollte ich nochmals zu Kajaphas gehen und unser Vorhaben absagen?

Das Mahl –
Die Gefangennahme –
Die Folter – Der Tod

Die Ereignisse überschlugen sich. Der Meister hatte die Jünger in die Stadt geschickt, einen Raum zu suchen, wo er mit ihnen das

Pascha-Mahl halten wollte. Ich erfuhr, wie immer, als Letzter davon. Also machte ich mich auf den Weg und fand den Meister und die anderen schon vor. Sie hatten sich gerade zu Tisch gelegt, so dass für mich nur an dem einen Ende noch ein Platz übrig war und ich von den Gesprächen weitgehend abgeschnitten war.

Das Gespräch mit Kajaphas beschäftigte mich mehr, als ich gedacht hatte. Ich hatte mit einem Mal ein schlechtes Gefühl. Ich könnte nicht sagen, was konkret mich beunruhigte. Es war mehr die Gesamtsituation und die Tatsache, dass mich Kajaphas mehr oder weniger in der Hand hatte. Jederzeit könnte er den Römern einen Tipp geben, um sich bei ihnen einzuschmeicheln. Ihm war alles zuzutrauen. Was mindestens genauso schwer wog, war den Meister für meine eigenen Ziele zu benutzen.

Was, wenn es ihm vielleicht sogar ans Leben ging?!

Ich verwarf diese Gedanken sofort wieder, denn ich war sicher, dass letztendlich der Meister unseren Aufstand gegen die Römer unterstützte, weil er sein Volk nicht im Stich lassen wollte. Ich war so auf dieses Ereignis fixiert, dass ich kaum noch bemerkte, was sonst im Alltag vor sich ging.

So hing ich weiter meinen Gedanken nach, bis der Meister den wahren Grund und Hintergrund seiner Einladung zum Mahl offenlegte. Es sollte ein Abschiedsessen werden, und das erstaunte nicht nur mich, sondern alle Jünger. Wollte der Meister uns etwa verlassen? Warum tat er so geheimnisvoll?

Simon konnte nicht an sich halten. Du uns verlassen, Meister? Vor wem fürchtest du dich?

Jesus winkte ab. Darum geht es nicht, Simon.

Brauchst du unsere Hilfe? Du weißt doch, dass wir dich nicht im Stich lassen. Wir stehen dir bei in jeder Situation. Auf mich jedenfalls kannst du zählen. Zu hundert Prozent.

Du bist schnell mit deinen Worten, Simon. Doch ich sage dir, noch ehe der Hahn zum dritten Male kräht, wirst du mich noch in dieser Nacht verleugnen.

Die anderen hörten nicht zu. Und Simon, der sich vor den Meister gestellt hatte, wollte weiterreden.

Doch Jesus winkte noch einmal ab und sprach zu uns alle diese Worte, die uns noch lange beschäftigten.

Es war eigentlich nichts Besonderes, auch sein Ton war wie immer. Und doch nahm seine Rede uns alle gefangen.

So banal seine Worte auf den ersten Blick daherkamen, so tiefsinnig war ihr Sinn. Worte, die bis heute immer wieder benutzt werden und die für Christen eine ganz hohe Bedeutung haben. Die Frage, die die Menschen heute umtreibt, ist die: Wie hat er sie gemeint?

Keiner von den Jüngern und auch ich nicht haben ihn befragt.

Sie schienen doch auch so eindeutig.

Sprachlosigkeit bei uns allen. Ich aber hörte genau hin, als er die folgenden Worte sprach, die bis heute bei den christlichen Versammlungen wiederholt werden:

Jesus nahm dann also ein Stück Brot und sagte:

Das ist mein Leib, der für euch gebrochen wird, damit ihr eurer Erlösung ganz nahe kommt.

Ich aber bin die Erlösung.

Dann nahm er den Becher mit rotem Wein und sagte:

Das hier, seht, es ist mein Blut, das ich vergießen werde für die Welt und für euch und für alle, die euch dann in meinem Namen nachfolgen werden.

Denkt an das Reich Gottes, das zu verwirklichen ihr mithelfen sollt.

Und in Zukunft, wann immer ihr beisammen seid: Haltet Mahl zur Erinnerung an mich und diesen heiligen Abend.

Ihr seid die einzigen Zeugen meiner Worte und dieses einmaligen Mahles.

Wir werden erst wieder gemeinsam Mahl halten, wenn auch ihr im Himmelreich sein werdet und Gott schauen dürft von Angesicht zu Angesicht.

Dann war Stille. Wir alle schauten uns an, ratlos, unruhig wegen dieser seltsamen Worte. Wo wollte er hin? Warum Brot und Wein als Zeichen für den Körper und das Blut? Was meinte er damit?

Ich konnte damals wie die anderen nicht ahnen, dass nicht nur eine neue Zeit anbrechen sollte, sondern dass wir gleichzeitig die Zeugen dafür waren, was er uns als Vermächtnis hinterlassen hat.

Ich konnte nicht wissen, dass er schon am nächsten Tag am Kreuz hängen sollte wie ein gemeiner Verbrecher. Das alles dämmerte mir erst viele Jahre später, als die ersten Christen genau dieses Mahl bei jeder Gelegenheit wiederholten und Jesu Worte sprechen sollten.

Die Dimension dieses Ereignisses verstanden wir alle erst viel, viel später. Paulus – den ich, wie gesagt, nie persönlich kennengelernt hatte, aber viel von ihm gehört habe – dieser Paulus würde in andere Länder reisen und die Botschaft des Meisters allen Menschen verkünden – Juden wie Heiden. Ohne Ausnahme. Niemand, so soll er gesagt haben, wird von Gottes Barmherzigkeit ausgeschlossen. Und viele ließen sich taufen. Ich selbst war bei all diesen Ereignissen ja schon lange nicht mehr dabei.

Ich war nicht mehr dabei und auch keiner von den Jüngern mehr, als Miriam, die Mutter Jesu, und die anderen Jünger sich regelmäßig trafen, beteten und gemeinsam Mahl hielten.

Ich war damals ja schon tot, jedenfalls glaubten das alle. Und das war auch gut so.

Heute wäre es mir lieber, ich hätte doch eine ganz andere Rolle gespielt, als es die Geschichte für mich vorgesehen hat.

Allerdings wundere ich mich noch heute darüber, dass die Frauen, die in unserem Gefolge stets dabei waren, ausgerechnet bei diesem Mahl nicht dabei waren. Keiner hatte auch diese Frage gestellt – was aus heutiger Sicht ein großer Fehler war. Denn sie gehörten auch zu uns und sie sollten im späteren Geschehen noch eine viel größere Rolle spielen.

Wir sprachen an jenem Abend sehr dem Weine zu und wurden darüber auch müde. Jeder hing den Worten Jesu nach, so auch ich. Irgendwann verließen wir den Raum in Jerusalem und begaben uns in Richtung des Ölberges. Es war eine relativ milde Nacht und es war sehr still. Die Jünger mieden mich wieder und keiner wollte sich mit mir unterhalten. Sobald ich irgendjemandem zu nahe kam, wechselte er seinen Platz und setzte sich zu einem anderen Grüppchen. Jesus war verschwunden und war, wie gewohnt, alleine ein

Stück weitergegangen und saß neben einem kleinen Felsvorsprung. Den Kopf hatte er in seinen Händen vergraben. Er hat geschluchzt und viele Tränen vergossen.

Was hatten wir falsch gemacht?

Dann schliefen wir alle ein, bis er plötzlich wieder da war und uns große Vorwürfe machte. Warum wir in so einer wichtigen Nacht schlafen könnten, sagte er fast barsch. Es gibt vieles zu bedenken, sagte er, viel zu beten. Bittet den Vater um seinen Beistand für mich und die Welt. Dann war er wieder weg, und wir schliefen nach ein paar Minuten wieder ein. Wieder wurden wir irgendwann von ihm aufgeweckt. Er war sehr schlechter Laune und seine Stimme klang resigniert.

Warum könnt ihr nicht wenigstens eine Stunde mit mir wachen?!

Das war keine Frage. Das war ein Hilfeschrei! Er fühlte sich von uns verlassen. Doch wir ahnten noch immer nicht, welche Bedeutung diese Nacht und seine Worte haben sollten. Das spürte er. Das enttäuschte ihn.

Wieder nickten wir alle der Reihe nach ein, als er wieder verschwunden war, bis wir Rufe und Schreie hörten, Fackeln näherten sich uns. Viele Menschen bewegten sich auf uns zu.

Jesus stand plötzlich hinter mir und legte mir seine Hand auf die rechte Schulter. Sie kommen mich holen, Judas, mein Freund. Ich jubilierte in meinem Herzen, ich hatte doch Recht behalten, der Meister würde sich auf unsere Seite stellen. Hatte er mich doch sogar Freund genannt. Bewaffnete Männer waren dabei, sie umkreisten uns. Ich zitterte vor Erwartung. Auch ich legte dem Meister die Hand auf seine rechte Schulter und er sagte leise zu mir: Was du tun willst, das tu jetzt gleich. Eile dich, die Zeit ist gekommen, dem Unausweichlichen ins Auge zu blicken!

Ich küsste den Meister, wie es bei uns zur Begrüßung Brauch ist. Aber mein Kuss kam auch von Herzen, da er meinen Plan offensichtlich unterstützte. Er hatte es also die ganze Zeit gewusst.

Er sah mich dabei von der Seite an. Diesen Blick werde ich mein Leben lang nicht mehr vergessen. Ich kann nicht mehr sagen, ob es ein Blick des Zornes, der Genugtuung oder der Freude war. Sein Blick bohrte sich in mich hinein und ich konnte ihm nicht mehr standhalten. Noch immer ist sein Blick in meiner Seele – als Gedächtnis für meine Fehleinschätzung der Situation.

Noch bevor ich zur Besinnung kam, hatten die Bewaffneten ihn auch schon fest im Griff und führten ihn weg. Ich blieb zurück. Die meisten Jünger folgten dem verhafteten Meister.

Was war das denn jetzt?, schoss es mir durch den Kopf. Der Meister verhaftet, kein Aufstand und die Gefährten trotten hinter dem Gefangenen her. Und ich stehe hier wie ein Lamm, das sich verirrt hat!

Ich beschloss, dem Tross nachzugehen. Vielleicht würde sich jetzt die Revolte entzünden und ich musste nur geduldiger sein – mit mir und dem Meister.

Sie führten Jesus zu Kajaphas und im Innern jubilierte ich wieder. Ich vermied das Licht und den Schein der Fackeln und hielt mich im Dunkeln. Im letzten Augenblick erblickte ich Simon, der den Menschen mit Jesus in den Vorhof des Kajaphas gefolgt war und sich zurückhielt. Er setzte sich an ein Feuer, an dem mehrere jüdische Männer saßen und sich wärmten. Ich selbst fand noch rechtzeitig einen geschützten Platz, von dem ich die ganze Szenerie bei Kajaphas im Blick hatte und gleichzeitig Simon beobachten konnte. Was trieb der bloß für ein Spiel, dachte ich bei mir. Doch im Hof gab es plötzlich einen großen Tumult. Kajaphas und die Ältesten mit den Pharisäern erhoben ihre Stimme. Kajaphas schaffte mit einer Handbewegung Ruhe.

Er hatte eine große Begabung darin, eine wichtige Miene zu machen.

Viele begannen zu rufen: Nieder mit dem Gotteslästerer, nieder mit Jesus von Nazareth, er ist des Teufels, er muss für immer vernichtet werden!

Jesus bewegte sich nicht, stand stumm und starr vor Kajaphas.

Was sagst du dazu, sprach ihn Kajaphas an. Bist du wirklich Gottes Sohn, bist du der Messias, auf den das jüdische Volk wartet?

Jesus verzog seine Mundwinkel zu einem spöttischen Lächeln. So kannte ich ihn nicht.

Fadenscheinige Beweise

Andere riefen: Er lästert Gott und will den Tempel niederreißen und in drei Tagen wieder aufbauen. Ist das nicht Beweis genug? Wir alle sind Zeugen für seine Schandtaten. Er verhöhnt unseren Glauben.

Nun, setzte Kajaphas wieder an. Stimmt das, was dir vorgeworfen wird? Jesus nickte.

Ich will deine Stimme hören, ich will es aus deinem eigenen Mund hören, ob du der Sohn Gottes, der Messias, bist? Rede!

Jesus antwortete: Du sagst es. Ich bin der Menschensohn. Ich bin derjenige, der zur Rechten Gottes sitzen wird, wenn die Zeit gekommen ist.

Kajaphas platzte fast vor Wut. Aus seinem Mund trat Schaum, seine Augen schossen gelb-grüne Lichtblitze.

Er hat sich selbst gerichtet, rief Kajaphas. Was wollen wir mehr.

Andere spuckten Jesus ins Gesicht. Die Menschen, die ihn ein paar Tage zuvor bei seinem Einzug in Jerusalem noch zugejubelt hatten, schrien, bis sie heiser waren. Der Platz vor Kajaphas' Haus war ein einziger Hexenkessel. Ich hatte den Eindruck, statt Menschen tobten böse Geister und Dämonen. Es sah fast so aus, als tanzten sie um Jesus herum, der den Kopf gesenkt hielt und sich widerstandslos alles gefallen ließ: die Schläge und Tritte, die Beschimpfungen. Der ganze aufgestaute Hass entleerte sich vor dem Meister.

Jetzt verstand ich: Er war der Sündenbock für alles. Alles, was die Menschen knechtete, der Umgang der römischen Besatzungsmacht mit uns Juden in unserem Land, die Enttäuschungen – all das entlud sich auf Jesus. Er stand stellvertretend für alle vor ihnen. Sie stießen Jesus zu Boden und prügelten auf ihn ein. Währenddessen hatte sich Kajaphas mit den Hohenpriestern zurückgezogen und sie beratschlagten, was sie mit ihm machen sollten. Sie hatten nur begrenzte Macht gegenüber den Römern. Daher entschieden sich die Gelehrten, Jesus zu Pilatus zu bringen. Er sollte entscheiden. Und alle hofften wohl, Pilatus werde ihn zum Tode verurteilen.

Ich vergrub mein Gesicht in meinen Händen und weinte. Was hatte ich angerichtet! Wie konnte das geschehen!? Warum hat sich der Meister nicht gewehrt, das Volk zum

Aufstand aufgerufen? Einige meiner eigenen Männer hatten unter ihren Mänteln sicherheitshalber Dolche und Schwerter versteckt. Doch niemand rührte auch nur einen Finger. Wie Salzsäulen standen sie unweit des Platzes, an dem Jesus in sich zusammengesunken war und den Blick verbarg. Das Opferlamm. Er war das Opferlamm. Ich ahnte Schlimmes, wusste aber, dass alles zu spät sein würde, wenn er erst vor Pilatus oder Herodes stehen würde. Und die Menge kreischte wieder und tobte und schlug auf ihn ein. Sie riefen: Tötet ihn! Tötet ihn! Hinweg mit dem Gotteslästerer, auf, tötet ihn, tötet ihn! Wir wollen Blut sehen! Tötet ihn!

Als ich mich nach Simon umschaute, saß der noch immer regungslos am Feuer und wärmte seine Hände.

Und dann geschah etwas ganz und gar Widerwärtiges. Simon verriet den Meister. Nicht ich war es. Simon, der Geschwätzige, verriet ihn. Ein paar Leute, die am Feuer neben ihm saßen, sagten:

Wir kennen dich, du bist doch einer von des Nazoräers Leuten. Ich habe dich schon oft mit ihm zusammen gesehen.

Simon verleugnete den Meister.

Eine Magd rief, ja, ich erkenne ihn, er ist einer von seinen Gefolgsleuten. Was tut der hier bei uns? Schleppt ihn zu seinem Herrn Jesus, der sich als Gottes Sohn ausgibt. Und sie spuckte ihn an.

Simon stand auf, hob die rechte Hand zum Schwur und rief, dass alle ihn hören konnten: Ich kenne diesen Mann nicht. Ich habe nichts mit ihm zu schaffen. Ich sehe ihn heute zum ersten Mal. Ich schwöre, dass ich ihn nicht kenne. In diesem Augenblick krähte ein Hahn und Simon erinnerte sich der Worte, die der Meister zu ihm gesprochen hatte.

Dann sprang er auf und rannte davon, als sei der Leibhaftige hinter ihm her.

Mit geöffnetem Mund saß ich in meinem Versteck. Wie viel Niedertracht doch in den Menschen ist, dachte ich mir. Keiner will ihn gekannt haben, unseren Meister. Ich wusste nicht mehr, ob ich lachen oder schreien sollte. Mein Plan war in sich zusammengefallen. Jesus wurde zu Pilatus geschleppt, seine Jünger hatten sich alle verkrochen, bis auf die Frauen. Und dieser Simon verriet ihn auch noch. Der Mann, auf den der Meister so große Hoffnung gesetzt hatte. Er war nichts als ein großer Feigling. Mir wurde übel. Wäre ich jetzt unten bei Simon gewesen, ich hätte auf ihn eingeschlagen wie auf meinen größten Feind. Bespuckt hätte ich ihn und ihm meinen Dolch durch seine verräterische Kehle gezogen, dass das Blut nur so spritzen würde.

Der Meister war weg. Simon war weg. Die Jünger waren weg. Und auch ich hatte nicht bei ihm gestanden und ihn beschützt oder verteidigt. Vielleicht war auch ich nicht mehr wert als dieser Simon, von dem ich noch nie viel gehalten habe. Möge Gott ihn strafen. Hätten sie alle auf mich gehört, hätten wir das Volk angestachelt, wir hätten jetzt die herrlichste Revolte gegen die Römer. Stattdessen dichteten sie dem Meister eine Todsünde an. Wo doch jeder wusste, dass es niemanden gab, der so unschuldig sein konnte wie der Mann aus Nazareth, der seine Stadt jetzt wohl nie wieder sehen würde.

Ich stand auf und hatte das Gefühl, gesteinigt worden zu sein, meine Glieder waren steif, meine Finger hatten sich ineinander verhakt. Um festzustellen, ob das alles nicht nur ein einziger Albtraum war, biss ich mir in den Arm, bis Blut floss.

Alles war Wirklichkeit. Ich hatte all das selbst erlebt. In meinen kühnsten Träumen hätte ich niemals gewagt, etwas Derartiges zu denken.

Ich setzte mich ans Feuer, an dem Simon die ganze Zeit über gesessen und nichts getan hatte. Und ich? War nur Zuschauer einer Tragödie, die noch lange nicht zu Ende war.

Sie brachten Jesus zu Pilatus, der damals Statthalter von Rom war; er richtete seine Meinung nach dem gerade vorherrschenden Wind. Ein wankelmütiger Mann mit wenig Charakterstärke, der immer Angst um sein Amt hatte. Er wollte insbesondere dem Kaiser von Rom gefallen.

So wundert es niemanden, dass er Jesus als Erstes fragte, ob er der König der Juden sei. Typisch für Pilatus. Er erschrak dann aber doch, als Jesus ihm lapidar antwortete: Du sagst es.

Damit hatte er nämlich überhaupt nicht gerechnet, vielleicht deswegen, weil er davon ausging, dass jeder – wie er auch – immer nur das Günstigste über sich selbst aussagte. Dadurch, dass Jesus nun zugab, der König der Juden zu sein, musste er handeln. Einen Gegenspieler, der sich auch noch als König der Menschen ausgab, die er und seine römischen Rechtshüter in Schach halten mussten, weil Pilatus immer und überall einen Aufstand fürchtete, musste er ausmerzen.

Jesus war indes nicht gerade gesprächig. Er antwortete, wenn überhaupt, nur einsilbig und über die Beschuldigungen der jüdischen Ältesten verlor er kein einziges Wort. Jesus erklärte sich nicht, verteidigte sich nicht und tat rein gar nichts, um seinen Kopf aus der Schlinge zu ziehen.

Zum bevorstehenden Fest war es üblich, dass Pilatus einen Gefangenen freigab, um das Volk zu beruhigen. Er ließ Bar-Abbas aus dem Gefängnis holen und fragte die Juden, ob er ihn oder Jesus freilassen sollte. Die Menge verlangte Bar-Abbas, einen Schwerverbrecher. Pilatus wurde es mulmig und er bekam es wieder mit der Angst zu tun. Alles deutete darauf hin, dass sie Jesus als Schlachtopfer ausgesucht hatten.

Pilatus selbst konnte wenig Rebellisches

an dem sanftmütigen Jesus finden. Er wurde immer wankelmütiger, denn er wusste nichts gegen Jesus vorzubringen, das seinen Tod rechtfertigen konnte. Ein Aufrührer war Jesus in seinen Augen nicht. Er war einer von den vielen Propheten, die es zur damaligen Zeit gab, die sich gerne als Messias ausgaben. Meist waren es verirrte Geister. Aber dieser Jesus – was sollte der schon getan haben?

Die Volksmenge kochte vor Wut, als sie das Zögern Pilatus' spürten. Wenn du Jesus nicht hinrichten lassen willst, dann bist du kein Freund des Kaisers. Daraufhin ließ er Bar-Abbas frei, die Menge jubelte, forderte aber weiter den Tod von Jesus. Pilatus jedoch konnte sich noch immer nicht entscheiden. Seine Frau setzte ihn auch noch mit einem Traum unter Druck, der sie neulich aus ihrem Schlaf riss.

Sei vorsichtig, sagte sie zu ihrem Mann! Begehe jetzt keinen Fehler!

Der Druck auf Pilatus wuchs von Minute zu Minute. Er sah seine Felle davonschwimmen. Er ließ sich eine Schüssel mit Wasser bringen, wusch sich die Hände und sagte: Ich kann bei diesem Mann keine Schuld finden. Die

Menge tobte unterdessen weiter. Ans Kreuz mit ihm! Ans Kreuz mit ihm!

Daraufhin ließ er Jesus geißeln und übergab ihn dann zur Kreuzigung.

Für Pilatus waren seine Entscheidung und sein Urteil eine Frage der Ergebenheit gegenüber dem Kaiser von Rom. Nichts Schlechtes sollte dem erzählt werden. Er war ein treuer Diener Roms und handelte, so redete er sich wohl selber ein, zum Wohle des Imperiums und des römischen Volkes. Insgeheim wusste er natürlich, dass diejenigen, die Jesu Tod so lautstark forderten, die Minderheit darstellten. Die Pharisäer und Hohenpriester und Schriftgelehrten hatten die Menschen manipuliert und aufgehetzt. Das waren keine Menschen mehr. Das waren Hunde, die das Blut eines Unschuldigen lecken wollten. Es musste Blut fließen. Rom musste stark bleiben, dachte Pilatus. Was war schon ein Wunderrabbi mehr oder weniger in diesem Land. Und er spürte wiederum, wie sehr er diese Juden verachtete – diese ungebildeten Menschen.

Was Jesus danach erleben musste, war ein einziges Grauen und Gemetzel. Sie bespuckten ihn, setzten ihm eine Dornenkrone auf, schlugen mit ihren Stöcken auf die Krone und die Dornen rissen die Haut auf. Blutüberströmt stand Jesus vor ihnen. Die Kleider hatten sie ihm ausgezogen. Nackt stand er da – ausgeliefert, verlacht. Der Schmerz – wer kann das heute im Nachhinein sagen, wie groß der wohl gewesen sein musste. Die körperlichen und seelischen Qualen, über die keiner auch nur ein Wort verlor. Er fühlte sich verlassen, er war allein, und das Schlimmste war, er fühlte sich wohl auch von Gott verlassen. Niemand griff ein, auch nicht der Ewige. Nach einer Stunde lag ein Mann im Prätorium, der nur noch ein einziger blutiger Fleischklumpen war.

Kalter Schweiß

Aber es sollte noch schlimmer kommen und mir drehte sich der Magen, ich spürte kalten Schweiß auf meinem Gesicht. Und ich fühlte mich mitschuldig an der Tortur dieses unschuldigen Jesus von Nazareth, der doch nichts anderes getan hatte, als den Menschen einen Gott der Barmherzigkeit und der Gnade und des Mitleides zu predigen. Der immer nur vom anbrechenden Reich Gottes sprach, der mild war, ja fast zärtlich zu den Menschen, der einfach nur gut war – mein Gott, wie soll ich es auch anders ausdrücken?!

Sie luden ihm den Querbalken des Kreuzes auf die Schulter und er musste ihn bis zur Hinrichtungsstätte schleppen. Selbst dieser Ausdruck ist noch zu schwach, denn er stolperte mehr, als er ging, teilweise kroch er am Boden und rutschte über den steinigen Boden, der bald von seinem Blut getränkt war.

Und viele, die mit ihm waren, standen regungslos und gafften, manche weinten, besonders die Frauen. Immer wieder fiel er zu Boden und die Römer peitschten dann weiter auf ihn ein. Ich habe in meinem Leben nie so viel Blut gesehen. Er schrie nicht, er jammerte nicht, er schwieg, stoisch, mit schmerzverzerrtem Gesicht.

Irgendwann blieb er einfach am Boden liegen. Selbst die Peitschenhiebe der Soldaten schien er nicht mehr zu spüren. Er lag im Sand, der immer mehr mit Blut durchtränkt war. Jesu Blick schaute in die gaffende Menge. Kein Jünger mehr da, auch ich nicht und nicht der feige Simon. Jesus schien zu träumen. Für einige Sekunden war sein Gesichtsausdruck sogar entspannt. Träumte er? Hatte er für wenige Sekunden einen Tagtraum, der ihn keine Schmerzen spüren ließ, der ihn davontrug. Frauen waren in seiner Nähe, darunter auch Maria, seine Mutter, und Maria Magdalena. Sie weinten still in sich hinein. Sie schauten aus nach Hilfe, dass jemand doch dem grausamen Spiel ein Ende mache. Doch da war niemand. Maria, seine Mutter, legte ihre Hand an sein mit Blut verkrustetes Gesicht. Mein Sohn, sagte sie und er sagte, Mutter, und er versuchte zu lächeln. Es folgten wieder die Tritte der Soldaten, die die Frauen wieder in die Menge zurückstießen. Jesus schien noch immer sehr weit weg. Sah er seine Freundin und engste Gefährtin aus Migdall? Würden sie über die milden Hügel von Galiläa laufen und ihre gemeinsamen Kinder hinter ihnen her? Würde er mit ihnen an ein Haus kommen, das er mit seinen eigenen Händen für seine kleine Familie gezimmert hatte? Würde er froh sein, ein unbedeutender jüdischer

Mann zu sein? Ein Rabbi, der an jedem Sabbat die Synagoge mit Menschen füllte. Die zu ihm liefen, Woche um Woche mehr, dass der Platz für die Menschen schon lange nicht mehr ausreichte. Dass er sprach zu ihnen von seinem gütigen und verzeihenden Gott und von der Feindesliebe. Dachte er wirklich in der jetzigen Situation an die Liebe zu seinen Feinden, zu den Schindern, die auf ihn eindroschen? Wäre der Gedanke nicht zu lächerlich, man könnte alles für einen bösen Traum halten, aus dem alle bald erwachen würden. Und sie würden nach Hause gehen, er, die Magdalena aus Migdall und seine Kinder, deren Zahl mit jedem Jahre wuchs – alles so, wie es sich für eine jüdische Familie gehörte?

Dann waren sie an der Schädelstätte angekommen, wie sie genannt wurde. Jesus brach wieder zusammen.

Doch die Henker ließen ihm keine Ruhe. Sie legten den Querbalken auf den senkrechten Holzschaft. Und nagelten die beiden Bretter zusammen. Mit wuchtigen Schlägen trieben sie die Nägel ein. Dann legten sie Jesus auf den senkrechten Balken und zerrten seine Arme so lange nach außen, bis sie eine Markierung erreichten. Dabei kugelten sie ihm die Arme aus und er schrie – das erste Mal –, dass es einen erbarmte. Es waren besonders dicke und lange Nägel, die sie zwischen die Handgelenke einhämmerten und dann ins Holz trieben. Wieder diese entsetzlichen Schreie. Dann befestigten sie die beiden Füße übereinander. Jesus verlor das Bewusstsein. Mit dicken Seilen zogen die das Kreuz hoch, bis es in eine Öffnung am Boden hineinpasste. Ein schwerer Schlag war zu hören und Jesus kam zu Bewusstsein und schrie erneut. Dann konnte er sich am Kreuz keinen Millimeter mehr bewegen. Alleine der Versuch zog ungeheure Schmerzen nach sich. Mit einer Leiter stieg einer der Henker schließlich am Kreuz hoch und nagelte eine Tafel mit einer Inschrift über seinem Kopf ins Holz: Jesus von Nazareth König der Juden.

Pilatus hatte das verfügt. Und so geschah es.

Dann war wieder Stille. Unheimliche Stille. Ich war der Menschenmenge den ganzen Weg in sicherem Abstand bis zur Hinrichtungsstätte gefolgt. Da hing er, der Meister, der Gottes- und Menschenfreund, der niemandem etwas Böses getan hatte – ganz im Gegenteil. Und einige standen ums Kreuz und warteten auf seinen Tod.

Es dauerte ihnen alles zu lange, so dass einer nach dem anderen wegging. Nur noch einige Frauen, die im Gefolge Jesu früher immer dabei waren, standen, knieten oder saßen um das Kreuz. Auch Miriam, seine Mutter, kauerte unter dem Kreuz. Auch Johannes, Jesu Lieblingsjünger, hielt tapfer aus. Dieser weiche junge Mann, der noch nicht einmal einen Bart hatte, er zeigte keine Angst. Hielt durch, Tränen liefen ihm über das Gesicht. Mal tröstete er Miriam, mal tröstete sie ihn. Die Zeit zog sich hin und nichts geschah. Man hörte von Jesus keinen Laut mehr. Einer von zwei Verbrechern, die mit ihm gekreuzigt worden waren, sagte irgendetwas zu ihm, das ich aber nicht verstehen konnte. Dann sagte der andere etwas, was ich auch nicht verstehen konnte. Dann wieder diese Stille, die fürchterlicher war als die Schmerzensschreie. So vergingen einige Stunden. Die Frauen und Johannes harrten noch immer aus. Ich auch und ich hatte Angst, dass mich doch jemand entdecken könnte.

Irgendwann gingen die beiden Henker auf die Gekreuzigten rechts und links von Jesus zu und zertrümmerten ihnen die Knie und die Unterschenkel. Mit einem Ruck sackten deren Oberkörper nach unten und nach wenigen Minuten waren die Gemarterten tot. Sie waren erstickt.

Dann gingen sie auch zu Jesus. Der bewegte sich schon lange nicht mehr. Es war vollkommene Stille. Einer der beiden stieß mit einer Lanze Jesus in die Seite. Es floss nur noch Wasser aus der Wunde. Jesus war entweder an Blutverlust gestorben, an einem Kollaps oder er war auch erstickt. Keiner wusste das genau.

Die römischen Henker zuckten mit den Schultern und schickten einen anderen los in die Stadt zurück. Dann nahmen sie Jesu Leichnam ab, die Frauen wickelten den toten Jesus in Tücher und trugen ihn weg. Mehr weiß ich nicht, denn auch ich machte mich davon, um nicht doch noch entdeckt zu werden.

Von seinen Jüngern, meinen ehemaligen Freunden, war schon lange niemand mehr da. Sie sollen sich in einem Raum in Jerusalem versammelt und die Türen verrammelt haben. Sie litten Todesangst, auch sie könnten gemartert und getötet werden wie der Meister.

Was für ein Leiden das war, wie jedes Leiden grausam ist. Nur hatte ich eine solche Gewalt noch nie erlebt. Da waren wir mit den Römern bei jedem Angriff menschlicher, auch wenn wir sie töteten.

Doch was war das für ein Tod? War er nicht lediglich eine Erlösung von der Qual des Sterbens? Machte das alles einen Sinn – für ihn und für uns und auch für die ganze Welt, die er retten wollte?

Ich habe das bis heute nicht richtig verstanden. Hat er den Tod wirklich aus freiem Willen angestrebt? Wollte er, dass alles so endete?

Ohne Leiden gibt es auch keine Leidenschaft. Und wie leidenschaftlich war er doch gewesen. Er war die Leidenschaft in Person. Er hatte alle Höhen und Tiefen selbst durchlebt und auch durchlitten. Wenn er lachte, dann sprudelte in dem Moment die pure Lebensfreude aus ihm heraus, wie aus einer Quelle der Bach entspringt. Wenn er weinte, durchlitt er Trauer. Mitleid war einer seiner stärksten Charakterzüge.

Niemand war ihm wirklich gleichgültig.

Er konnte sich ganz in einen anderen Menschen einfühlen. Und wenn er mit Menschen in Trauer sprach, spürte jeder, wie tief er in andere bis zu deren Seele vordringen konnte. Die Türen der Herzen öffneten sich stets weit. Niemand konnte so authentisch andere von seiner eigenen Person überzeugen. Nicht einmal Worte brauchte er dazu.

Es war der stille Blick, die Hand, die andere berührte.

Er war nur noch Präsenz ohne ein Vorher und ein Nachher.

Er war stark im Leiden und geduldig wie ein Lehrer. Er war der Lehrmeister des ganzen Volkes Israel. Daher verstehe ich bis heute nicht, warum so viele seinen Tod herbeiwünschten. Warum schrien so viele: Ans Kreuz mit ihm? Warum bloß? Und ich frage mich weiter, ob er das alles wirklich so vorhersehen konnte. War er ein Hellseher? Er war doch Mensch wie ich und du. Er war doch einer von uns, er war ein Jude mit einer besonderen Mission.

Ich schlich wie ein Dieb in der Nacht davon und was zwei Tage später dann noch geschah, weiß ich nur aus Erzählungen anderer.

Die Frauen hatten Jesus jedenfalls in ein Grab gelegt. Einige Römer schoben einen schweren Stein vor den Eingang des Grabes. Der Stein war so schwer, dass dafür fünf starke Männer nötig waren.

Und dann kam das mit der Auferstehung. Am Morgen des dritten Tages gingen einige Frauen zum Grab, um Jesus einzubalsamieren. Unterwegs überlegten sie noch, wo sie in aller Frühe ein paar starke Männer auftreiben konnten, um den schweren Stein von dem Grabeingang wegzuschieben.

Doch der Stein war nicht mehr da, als sie am Grab ankamen. Sie gingen in die Grabkammer. Sie war leer. Es sollen ein paar weiße Binden an der Stelle gelegen haben, an der Jesus hingelegt worden war. Doch der Leichnam war nicht mehr da.

Erst viel später sollen auch Männer hinzugekommen sein, unter ihnen auch Simon. Sie kamen erst aus ihren Verstecken, als sie hörten, dass der Leichnam nicht mehr da war.

Die Frauen jedoch hatten bei ihrer Ankunft am leeren Grab einen Engel gesehen, jedenfalls haben sie das wohl angegeben und versichert, es sei die reine Wahrheit. Und der Engel habe ihnen gesagt, Jesus sei auferstanden. Sie sollten diese frohe Botschaft allen Menschen verkünden.

Das ist in groben Zügen das, was ich von anderen Menschen erzählt bekam. Ich selbst kann mir bis heute keinen Reim darauf machen. Aber es muss wahr sein, sonst hätten die Christen nicht diesen enormen Zulauf.

Ich habe lange nachgedacht: Ich wollte den Aufruhr des Volkes gegen die römischen Besatzer, und es geschah der Aufruhr der Liebe.

Ja, die Revolte der Liebe. Anders kann ich es gar nicht ausdrücken. Die Revolte eines Rufenden, der zum Verstummen gebracht wurde, der sich wider alle Vernunft und Wahrscheinlichkeit aus dem Grab erhob, den Gott aus dem Totenreich wieder hinaufführte ans Licht. Damit er noch einmal die Seinigen sehen und belehren konnte, um dann für immer bei Gott zu bleiben.

Das klingt unglaublich, unwahrscheinlich, das riecht nach Lüge und Betrug. Aber ich selbst glaube ohne Wenn und Aber, dass es genau so war. Jesus hatte seine Prophezeiungen wahr gemacht. Er war wirklich Gottes Sohn.

Es fällt mir als gläubigem Juden durchaus nicht leicht, das zuzugeben. Manchmal traue ich mir selbst nicht. Aber es ist so. Mit diesem Jesus, der auch mein Meister war, hat eine neue Zeit begonnen. Heute glaube ich das mehr denn je. Aber ich bleibe Jude, weil ich schon immer Jude war und weil auch der Meister ein Jude war, auch wenn die Christen ihn für sich vereinnahmen.

Hätte alles nicht auch anders kommen können?

Wenn ich aus heutiger Sicht drei Worte sagen sollte, die die neue Bewegung des Jesus von Nazareth kennzeichnen, dann diese:

Umkehr, Liebe, Auferstehung. Euer Ja sei ein Ja und euer Nein sei ein Nein. Das sind Worte des Meisters gewesen. Denn wer die Hand an den Pflug legt und sich umdreht, ist des Reiches Gottes nicht würdig. Auch das sagte der Meister. Der Meister war immer für ein striktes Entweder-oder. Alles andere ließ er nicht gelten. Kompromisslos wie er war, würde er auch heute wieder die gleichen Fehler begehen. Diplomatie war nicht seine

Stärke. Merkwürdig für einen Mann mit seiner enormen Menschenkenntnis. Der wusste doch zum Beispiel, was mit dem Simon Petrus los war, der wusste doch auch, was mit mir los war. Und dennoch ließ er den Simon und mich gelten. Wenn ich etwas von ihm gelernt habe, dann dies. Wir können Menschen nicht verändern. Wir können nur unsere Einstellung zu ihnen ändern. Ändern und verändern, das müssen die Menschen selbst. Es ist das schwierigste Unterfangen, das es gibt.

Wer kann sich denn wirklich uneingeschränkt annehmen, wie er ist? Wer liebt sich denn selbst, außer den Selbstverliebten, die ohnehin in einer anderen Welt beheimatet sind? Der Meister akzeptierte uns. Barmherzigkeit war sein Wesen und unendliche Liebe und Geduld.

Der Meister und ich waren wie zwei entgegengesetzte Punkte. Jeder von uns spielte eine andere Melodie des Lebens. Der Meister war ein Mann des Geistes, ich ein Mann der Tat. Ich muss etwas tun, nicht nur darüber reden. Doch der Meister tat nichts, nicht einmal etwas zu seiner Verteidigung. Er wusste doch, was auf dem Spiel stand. Er war ein Lamm, ein wahres Opferlamm, das sich schlachten ließ für andere. Für mich völlig unverständlich. Dennoch ergänzten wir uns auch, gerade das Gegensätzliche in unseren Charakteren war die besondere Note. Gemeinsam hätten wir Geniales vollbringen können. Aber wir fanden die Ebene nicht. Wir spielten beide zwei verschiedene Spiele in zwei verschiedenen Welten.

Für mich war es immer klar, dass die Tat mehr zählt als das Wort. Was habe ich von schönen Worten? Was nützt einem das Gerede eines Simon Petrus, der bei der ersten Gelegenheit sein Wort bricht – wie bei der Gefangennahme Jesu am Ölberg. Hat Jesus das etwa genützt?

Doch Jesus liebte das Wort, er schwelgte im Wort. So verstand er sich auch im Wortsinne als Mensch des Wortes, er war eigentlich das Wort Gottes. Gott war in dem Wort und Jesus war im Wort. Er stand nicht nur bei anderen im Wort, er selbst personifizierte das Wort.

Und jetzt lebt sein Wort weiter. Wie lange das noch so gehen wird, das weiß niemand. Aber sein Wort hat Gewicht, er selbst hat Gewicht. Aber – und jetzt muss es mal raus, auch aufgrund seiner Taten. Sosehr Jesus das Wort liebte und Gott in dem Wort wohnte und er selbst das Wort war, so war er in gewisser Hinsicht immer auch ein Mann der Tat. Natürlich nicht so heroisch wie ein Mann auf dem Feld, wenn er mit klirrenden Waffen auf den Feind zueilt. Für Jesus existierte ja nicht einmal das Wort vom Feind. Feinde gab es nur in der Vorstellung. Alle seien Menschen, von Gott gewollt und damit wertvoll. Und was hat es ihm genützt? Am Kreuz hing er am Schluss und alle, die sein Wort so lange über alles geliebt hatten, sie waren auf und davon. Schöne Worte.

IV. Die Zeit nach der Nacht der Nächte

Über mich wurden schon bald haarsträubende Dinge erzählt. Zuerst einmal war ich tot. Ich habe mich selbst gerichtet, hieß es. Der große Verräter der Sache Jesu sei auch nicht Simon Petrus gewesen, sondern ich. Man kann mir alles Mögliche unterstellen, aber nicht, dass ich Verrat an Jesus geübt habe. Ich habe ihn geliebt und ich liebe ihn immer noch. Ich war treu und habe auch nie Geld veruntreut. Das sind erfundene Geschichten. Und ich bin mir ganz sicher, dass auch Jesus mich nicht als Verräter angesehen hat.

Unsere Unähnlichkeit war so groß, dass wir beide uns schon wieder ähnlich waren. Ich habe lediglich versucht, Jesus in die richtige Richtung zu treiben, damit der Wunsch unseres Volks endgültig Wirklichkeit würde – unsere Freiheit. Gibt es ein größeres Gut als die Freiheit? Die Freiheit steht sogar höher als die Selbstachtung, sie steht höher als der Friede, denn auch der muss errungen, erkämpft werden. Niemand schenkt die Freiheit, wenn sich niemand getraut, sie sich zu nehmen.

Das war meine Aufgabe. Ich habe immer meine Bestimmung darin gesehen, etwas für die Freiheit zu tun. Da nützen die schönsten Worte nichts. Freiheit ist ein Naturrecht. Das haben die Römer nie begriffen. Sie sahen immer nur ihre eigene Freiheit, nur ihr Rom, sie setzten auf ihre schlagkräftige Streitmacht; die Soldaten waren zweifellos gut ausgebildet worden. Jeder Nicht-Römer taugte in deren Auge doch bestenfalls als Sklave. Und das waren wir Juden dann auch viel zu lange. Sklaven einer Besatzungsmacht, die sich trotz aller militärischen, politischen und kulturellen Leistungen überschätzte.

Ich habe ein Auge für das Machbare. Das habe ich meinen Söhnen auch hier in diesem fremden Land, in dem ich schon lange lebe, immer wieder gesagt. Aber sie glauben mir nicht. Wo ich denn diese meine Worte schon einmal unter Beweis gestellt hätte, fragen sie mich. Was soll ich da sagen, ohne mich und meine Vergangenheit zu verraten? Ich liebe meine Söhne und ich liebe auch meine Töchter, und ich mache keine Unterschiede. Das habe ich vom Meister gelernt. Er hat es uns jeden Tag vorgelebt, die Frauen hat er geachtet und verehrt. Sie sind wohl wie Maria, diejenigen, die den besseren Teil gewählt haben. Was also soll ich meinen Söhnen sagen? Also erzähle ich von mir als von einem Unbekannten, von dem ich gehört habe.

Aber meine Worte lösen, wie ich es mir schon gedacht habe, kein Echo aus. Sie schauen sich gegenseitig an und schenken mir einen mitleidigen Blick. Ich bin alt und wer glaubt schon einem Alten, der nicht einmal mehr eine Waffe in der Hand halten konnte. Das war und ist für mich eine schwere Last bis heute. Als Mann der Tat haben meine Söhne mich nie kennengelernt.

Ich weiß nicht, wie viele Jahre mir noch bleiben. Und so muss ich dir gegenüber, Bileam, eingestehen, dass ich mich vielleicht doch geirrt habe. Jetzt, da ich dir die ganze Geschichte von mir und dem Meister erzählt habe, neige ich zur Skepsis.

Was ist, wenn das, was der Meister nicht nur gesagt, sondern auch getan und bezweckt hat, wirklich wahr ist? Wenn ich ihn als junger

Mann einfach gründlich missverstanden habe? Wenn ich nur meinen eigenen Plan im Kopf hatte? Wenn ich mich lediglich nach dem Lorbeerkranz gesehnt habe, um als der tapfere Mann in die Geschichte einzugehen, der die Römer aus dem Land verjagte?

Nein, es gibt auch eine andere Seite von mir, die ich weitgehend in meinem Leben unterdrückt habe. Es ist die Frage nach dem Glaubensgehorsam, aber auch die geheime Sehnsucht nach dem Gott, der barmherzig und gütig ist. Nach dem Gott, den der Meister uns verkündete.

Paulus von Tarsus

Für mich als Juden war es nie einfach zu glauben, dass der Allmächtige durch Jesus von Nazareth sprechen würde, der Jahwe – geheiligt werde sein Name – als seinen Vater bezeichnete, der sich als Menschensohn verstand und für viele Menschen sogar der Sohn Gottes war.

Für mich war er der Messias, wenn er wirklich der von uns so lange ersehnte Erlöser war, der die Römer davonjagen würde. Aber ich habe ihn wohl überschätzt. Jedoch bin ich nach wie vor der Meinung, er hätte es mit unserer Hilfe schaffen können, neue politische Verhältnisse in unser geknechtetes Land zu bringen.

Bin ich ihm in dieser Angelegenheit nie gerecht geworden?

Ich glaube es und ich glaube es nicht.

Zwei Kräfte zerren in meinem Innern. Befeuert wurden meine Zweifel, als ich von Paulus aus Tarsus hörte, der von allen wie ein Heiliger verehrt wird.

Paulus hat Worte gesagt, die mich trafen, die mich ansprachen, die mein Herz weich und milde werden ließen. Wie ich gehört habe, ist Paulus zwischenzeitlich in Rom verstorben.

Doch hat er durch seine Briefe der Nachwelt ein großes Glaubensbekenntnis an Jesus, den Christus, wie er ihn gerne nannte, hinterlassen. Ich habe diese Briefe leider nie in Händen gehalten. Jedoch kenne ich viele Sätze und tiefgehende Worte daraus. Sie werden seit vielen Jahren überall rund um das Mittelmeer verbreitet. Wo seine Briefe jetzt sind, weiß ich nicht, mir konnte es auch niemand sagen. Ich weiß nur von einigen Briefen, die er an die Gemeinden von Thessaloniki, Korinth und Rom geschrieben hat: aufrüttelnde Worte, glasklare Bekenntnisse, die auch die Menschen hier, wo ich wohne, bis ins Mark erschüttern.

Es sind keine politischen Forderungen oder Aufrufe, sondern Fragen nach der Lehre Jesu, nach dem Sinn seines Todes am Kreuz und seiner Auferstehung.

Was würde ich geben, um diese Briefe lesen zu können! Wie sehr sehnen sich mein Geist und meine Seele, mein Herz und mein Verstand nach diesen Worten der Zuversicht!

Paulus soll zunächst als überzeugter Jude die Christen verfolgt und sich dann durch ein überwältigendes persönliches Ereignis gewandelt haben. In einer Vision sei ihm Jesus Christus erschienen und habe ihn gefragt, warum er ihn verfolge. Paulus ist Christ geworden und hat mit unermüdlicher Energie die Botschaft Jesu von seinem Kreuzestod und der Auferstehung überall verkündet.

Paulus hatte also die Kraft, sein Leben völlig zu ändern, von Jesus selbst erhalten. Wie froh musste er sein, ein solches Privileg zu genießen. Kein Zweifel war von da in ihm mehr möglich. Seine Lebensaufgabe war die Verkündigung unseres Meisters, den er nur Christus nennt.

Wie sehr wünsche auch ich mir eine solche Erscheinung und eine derartige Gewissheit. Ich würde alles dafür geben, endlich in Sicherheit zu sein und mein Herz beruhigen zu können. Dann könnte ich sogar aus meiner Einsamkeit ausbrechen und mich doch zumindest meiner Familie offenbaren als der, der ich wirklich bin. Aber wer bin ich denn nun wirklich?

Auf keinen Fall der Verräter, den die Menschen aus mir gemacht haben. Ich habe viele Fehler begangen, aber verraten habe ich den Meister nie.

Verstehst du, was ich meine, Bileam, mein Freund? Ich war nur enttäuscht von ihm, weil ich bis zuletzt geglaubt habe ..., aber das habe ich dir ja schon so oft erzählt. Ich bin müde. Ich will nicht mehr denken. Es ist alles so schwer, und ich bin so traurig und fühle mich so elend. Ist das nicht schon Strafe genug für mich, jeden Morgen mit dem Gefühl zu erwachen, ich sei in Wirklichkeit ein Verräter? Ein Verräter am Herrn, den ich bis heute liebe?

Hätte Paulus auch einer von uns sein können, damals? Paulus scheint über die Anfänge der Jesusbewegung nichts gewusst zu haben. Jedenfalls soll es von ihm keine schriftlichen Überlieferungen darüber geben. Paulus hat sich ganz auf die ersten christlichen Gemeinden konzentriert. Ihnen hat er ja Briefe geschrieben, sie gelobt, ermahnt, zurechtgewiesen, Hoffnung versprüht.

Das Kreuz unseres Meisters, sein Tod und seine Auferstehung stehen im Mittelpunkt seiner Verkündigung. Doch da werde ich schon skeptisch. Denn ich habe erwartet, dass er die Entwicklung der jungen Bewegung erklären und beschreiben würde. Aber für ihn war das nicht einmal eine Bemerkung wert.

Und dann noch eines, was mir als Jude richtig weh tut. Er spricht nicht von Jesus, sondern von dem Christus: Manchmal verwendet er die beiden Namen gleichzeitig und spricht vom Christus Jesus. Sind Jesus und Christus vielleicht gar nicht identisch? Leider kann ich Paulus nicht mehr danach fragen. Ich habe den Eindruck, Jesus ist zum Christus geworden und den Namen Jesus gibt es nur noch in Kombination mit Christus; und das wäre nach jüdischem Glauben der Messias.

Für Juden geht das nicht. Ein einfacher Mensch, wie es der Meister war, kann doch nicht einfach so zum Messias werden? Oder doch? Davon war in der Zeit, als ich ihn mit den Gefährten durchs Land begleitete, nie die Rede gewesen.

Ich kann mir aber etwas anderes ganz gut vorstellen, denn es käme meiner Neigung und Interpretation, jetzt praktisch im Rückblick auf die damalige Zeit, sehr entgegen. Ich könnte mich damit sogar anfreunden. Aber werde ich Paulus damit gerecht? Ist Jesus nicht viel mehr als Kreuz und Auferstehung? Was ist mit seiner Botschaft vom anbrechenden Reich Gottes? Davon hat er uns doch immer erzählt, auch die wunderschönen Geschichten vom guten und barmherzigen Vater im Himmel. Jesus war doch Leib und Blut für uns und sehr viel Geist und Seele. Das darf doch nicht vergessen werden.

Wer also ist dieser Christus? Sieht er aus wie unser Meister? Spricht er so wie unser Meister?

Die große Überraschung

Da gibt es die Begebenheit nur wenige Tage nach seiner Auferstehung.

Kleopas hat davon berichtet, denn er war dabei. Seine Stimme zitterte, als er von dem Ereignis berichtete.

Sie waren zu zweit auf dem Weg von Jerusalem nach Emmaus, einem Dorf nicht weit von Jerusalem entfernt. Da ereignete sich diese denkwürdige Begegnung. Sie sprachen in großer Trauer und Bestürzung über den Tod des Nazareners. Sie waren sehr verzweifelt und konnten das alles, was in den letzten Tagen geschah, noch immer nicht fassen. Mutlos und mit gesenktem Kopf wanderten sie die Landstraße entlang und schwelgten in den Erinnerungen an den Meister, als wir alle mit ihm noch unterwegs waren.

Doch dann gesellte sich ein Mann zu ihnen, er war ganz plötzlich bei ihnen; sie aber hatten ihn nicht bemerkt; alsdann richtete er das Wort an sie.

Ein so schöner Spätnachmittag und ihr seid mit trübseligen Gedanken unterwegs.

Wir sind in großer Trauer, Freund, denn ein

Mensch, der uns so unendlich viel bedeutete, ist hingerichtet worden; ein Mensch so friedlich wie ein Lamm, der nie irgendjemandem etwas getan hat. Ein Mensch voller Güte und Barmherzigkeit; ein Mann des Wortes und ein Mensch mit heilenden Händen. Hast du nicht gehört, was in Jerusalem in den vergangenen Tagen geschah?

Der Mann schaute skeptisch. Ein wahrer Heiler und Heiliger in einer Person, wie ich euch verstehe.

So ist es, Freund. Seine Worte waren immer mehr als nur Worte, die man so sagt. Seine Worte hatten ein Innenleben, das Beziehungen herstellen wollte. Es waren Worte des Trostes. Solche Worte kann nur jemand aussprechen, der selbst in dem Wort wohnt. Verstehst du, was wir sagen wollen, der Mann, es handelt sich um den Rabbi Jesus von Nazareth, war das Wort. Es hört sich vielleicht merkwürdig an, aber er lebte in seinen Worten. Und das machte ihn so unverwechselbar. Man muss ihn kennengelernt haben, um zu verstehen, was wir verloren haben und warum die Trauer uns tief niederdrückt.

Dieser Jesus war – mit dem Wort identisch.

Und warum wurde er hingerichtet?

Herausgerufen

Weil er immer die Wahrheit sagte, er war Bürge
der Wahrheit, weil er selbst auch die Wahrheit
war. Die Wahrheit und Jesus von Nazareth
waren eins. Es gab keine Differenz zwischen
dem, was er sagte und wie er handelte. Er war
die Glaubwürdigkeit in Person. So einen Menschen hat es nie vor ihm gegeben und wird es
nie wieder nach ihm geben. Wir müssen es wissen, denn wir sind einige seiner Gefolgsleute.
Wir waren seine Schüler und sollen jetzt in die
Welt gehen, um die Botschaft vom Reiche Gottes, was die einzige Wahrheit überhaupt ist, zu
verkündigen. Das ist der einzige Grund, warum
wir unterwegs sind. Wir sind unterwegs, um
das Leben zu verkünden, das Leben im Reiche
Gottes, das schon jetzt unter uns angebrochen
ist. So hat er uns gelehrt. Aber erst jetzt wissen
wir, wie tief seine Wahrheit reicht, dass sie auch
uns mitzieht und uns dazu drängt, die Wahrheit der Wahrheit zu verkündigen.

Der Mann war offensichtlich nicht gesprächig und hörte nur zu, was die beiden ihm sagten. Es dämmerte schon, als sie bei einem Dorf ankamen, wo sie auch übernachten wollten. Der fremde Begleiter wollte weitergehen, aber sie baten ihn, doch mit ihnen das Abendmahl einzunehmen.

So betraten sie dann das Gasthaus, das einzige am Ort, und setzten sich an ein Fenster, wo die Sonne ihre letzten Strahlen in die Welt schickte.

Dann war es still, niemand sprach ein Wort, bis der Fremde das Brot brach, das Lob über das Brot sprach, ebenso über den roten Wein, der in einem Krug gereicht wurde. Dann war es wieder still und die beiden saßen mit offenen Mündern bei Tisch. Es war, als zögen alle Erinnerungen wieder an ihnen vorbei: Brot und Wein. Die Stille. Das Geheimnisvolle.

Als sie wieder zur Besinnung kamen, war der Fremde weg. Sie aber rieben sich die Augen vor Verwunderung. Was war bloß geschehen? Was war das bloß für ein seltsamer Mann, der sich an diesem denkwürdigen Tag zu ihnen gesellt hatte!?

War es ein Traumgesicht? Aber sie hatten doch beide diesen Menschen gesehen – aus

Fleisch und Blut. Und hatten ihn doch nicht erkannt. Erst beim Brotbrechen war es ihnen aufgegangen. Es musste der Meister gewesen sein. Er aber hatte sich nur durch die Zeichen zu erkennen gegeben. Und diese Zeichen sollten sie ein Leben lang nicht mehr vergessen: die Zeichen von Wein und Brot.

Noch eine weitere Begegnung mit dem auferstandenen Meister wurde erzählt. Es war am Galiläischen Meer. Simon Petrus, Thomas, Natanael und die Söhne des Zebedäus und zwei andere fuhren hinaus zum Fischen. Sie fingen nichts in jener Nacht, fuhren zum Ufer zurück und sahen dort Jesus stehen. Die Jünger konnten ihm allerdings nichts zu essen anbieten, da ihre Netze leer waren. Da gab er ihnen einen merkwürdigen Rat, denn sie sollten noch einmal losfahren und ihre Netze auf der rechten Seite des Bootes auswerfen. Mich machte diese Anweisung gleich stutzig. Warum sollten sie plötzlich ihre Fischerarbeit anders machen, wo sich das Alte doch bewährt hatte. Aber ich kam erst später auf den tieferen Sinne der Anweisung Jesu. Ihr müsst Neues wagen, die alten Zöpfe abschneiden, um das Reich Gottes zu finden und es dann aufzubauen. Und sie änderten ihre Organisationsform und siehe, sie fischten mehr, als sie je gedacht hatten. Und dann noch eine denkwürdige Begebenheit in diesem Zusammenhang. Als sie an Land gingen, brannte schon ein Kohlefeuer mit Fisch darauf. Das hatte Jesus wohl vorbereitet, denn sie waren ja alle auf dem See gewesen.

Er hatte sie nicht nur dazu ermutigt, bei ihrem Fischfang Neues auszuprobieren, sondern lud sie auch noch zum Essen ein. Und ich erinnere mich daran, dass er damals zu Beginn uns aufgefordert hatte, künftig keine Fische mehr, sondern Menschen zu fischen.

Es war der Auftrag zu einer Mission, die er nochmals damit bekräftigte.

Ich jedenfalls sehe das so.

Der Meister ist weg und doch ist er da; nämlich indem wir in seinem Auftrag handeln sollen. Oder wie er auch einmal sagte: Alter Wein gehört in alte Schläuche und neuer Wein gehört in neue Schläuche. Das fiel mir ein, als mir von dieser Begegnung mit dem auferstandenen Meister berichtet wurde.

Ich frage mich aber heute, ob nicht auch ich herausgerufen bin, Menschen für das Gottesreich zu sammeln, wie es der Meister einst formuliert hatte. Aber was bedeutet das für mich – und in meinem Alter. Soll auch ich alles stehen und liegen lassen und wieder zum Anfang zurückgehen, als ich noch jung und voller Tatkraft war? Habe ich Jesus damals vielleicht doch nicht richtig zugehört und nur meinen eigenen Lebensplan habe umsetzen wollen? Bin ich auf einem ganz falschen Weg gegangen, habe ich mich verrannt wie viele andere auch? Warum aber wird mir das heute erst deutlich, wo ich dir, mein lieber Bileam, alles erzähle?

Ich hätte mich vielleicht vor vielen Jahren auf den Weg machen sollen, um Paulus zu treffen. Doch der ist tot. Lebt überhaupt noch jemand, den ich früher kannte? Bin ich einfach nur vor dem Meister geflohen, statt mich – wie es sich für einen erwachsenen Menschen gehört – mit dem Meister auseinanderzusetzen und auch mit allen, die mich als einen Verräter gebrandmarkt haben? Bin ich selbst schuld an meinem Dilemma? Bin ich nicht einfach nur ein Feigling, der sich seiner Verantwortung immer nur entzogen hat? Weil ich geglaubt habe, meine Ziele seien ganz andere als die des Meisters? War es vielleicht Hochmut?

Jetzt, da ich mir alles, was mich bedrückt und bewegt hat, dir, lieber Bileam erzählt habe, soll ich da nicht doch die Konsequenzen ziehen und wieder aufbrechen in das alte Leben, das aber zu einem neuen Leben geworden ist? Ich bin nicht mehr der junge Judas, der Hitzkopf, ich bin ein alter Mann geworden, der sich trotz allem wieder auf den Weg machen sollte.

Vielleicht finde ich heraus, ob es nicht einen Weg gibt, Jude zu bleiben und trotzdem Christ zu werden. Dass es einen Zusammenhang gibt zwischen Juden und Christen, dass es kein Entweder-oder gibt, sondern eine ganz große Gemeinsamkeit. Die ich bloß finden muss. Finde ich dann vielleicht endlich meine Ruhe?

Eines steht fest: Nie wieder lasse ich den Teufel unter meine Haut kriechen.

Es liegt letztlich bei mir selbst, den Widergeist zu erledigen. Ich muss nur glauben. Dann hat der Teufel keine Macht.

Du, Bileam, sollst aber alles aufschreiben, was ich dir erzählt habe. Für die Nachwelt. Und wenn es nur einen einzigen Menschen erreichen würde, der guten Willens ist, vielleicht würde das allen helfen, die Botschaft des Herrn und ihn selbst in einem ganz anderen Licht zu sehen.

Ich will darüber drei Nächte schlafen. Dann werde ich mich entscheiden, hier zu bleiben oder zurückzugehen, um einen ganz neuen Anfang zu wagen.